Gabriel blieb still sitzen, die Nase dicht über die Spalte mit den vermischten Nachrichten gebeugt.

Gérard versuchte, das Gespräch in Gang zu bringen.
Da warf Gabriel ihm einen vernichtenden Blick zu.
«Hast du das gelesen?»

Didier Daeninckx

PULP

Deutsch von Ronald Voullié

und die alte Linke

WUNDERLICH TASCHENBUCH

Veröffentlicht im Rowohlt Taschenbuch Verlag
GmbH, Reinbek bei Hamburg, Dezember 1998
Die deutsche Übersetzung erschien 1996 unter
dem Titel «Nazis in der Metro»

Die Originalausgabe erschien 1995 unter dem
Titel « Nazis dans le Metro»

Umschlaggestaltung Tandem Design

Bildseitengestaltung und Konzeption
Karen Kollmetz & Daniel Sauthoff
Satz Plantin PostScript (PageOne)
Gesamtherstellung Clausen & Bosse, Leck
Printed in Germany
ISBN 3 499 26135 9

Für Mariette Bernard und Antoine Rigal

«Ich halte die Duldung der Lüge,
ganz gleich, unter welchem Vorwand,
für die schlimmste Pest der Seele.»

Marc Bloch
18. März 1941

JAURES UND DE FUNES

Kurz vor dem Start trank Sloga auf der Terrasse des «Trois Grâces» einen schauderhaften Kaffee und blätterte im «Indépendant de Perpignan». Die Ermordung eines Kindes, ethnische Säuberungen, eine Scheidung in Fürstenkreisen, die miserable Tourismussaison, Erhöhung der Mehrwertsteuer ... Der übliche Müll. Der einzige Anflug von Menschlichkeit, nämlich der Kalenderrückblick neben dem Wetterbericht, erinnerte ihn an die Ermordung von Jean Jaurès auf den Tag genau vor einundachtzig Jahren, am 31. Juli 1914. Er wußte nicht, daß dieser Verlust einige Stunden später mit der Geburt von Louis de Funès wettgemacht wurde. Eine Unmenge von Grimassen wurde sinnlos verschleudert, denn die Weichen für das Jahrhundert waren ja schon gestellt.

Die Autobahn zwischen den beiden Meeren schlängelte sich durch tiefe Täler. Erdarbeiten verdeckten die Erinnerung an die Zeit der Katharer, die die Dörfer längst Stein für Stein verhökerten: der Widerstand der Vorfahren zierte die Etiketten des Corbières-Weins, ein von den Verfechtern des wahren Glaubens zerstörtes Dorf zog Massen von Gleichgesinnten an, denen der Ketzerglaube als Anregung für Musik- und Lichterfeste diente. Er hatte die Nase voll. Die ganze Region, eine sich selbst verschlingende Republik, lebte nur von ihrer Vergangenheit. Die sonnengebräunten Urlauber aus Spanien und Italien waren schon in den letzten Tagen wieder gen Norden geflutet, und er war überrascht, bereits bei der Ausfahrt von Roquemaure zu sein. Das traurige Gejammer der Rettungswagen brachte ihn auf die Idee, den Stau als eine Art spontanen Beerdigungszug zu sehen. Keiner von denen, die eben an der Einmündung der Languedocienne in die Autoroute du Soleil in ihren Blechkisten gestorben waren, hätte sich träumen lassen, daß so viele Leute zu ihrer Beerdigung kommen würden. Sloga fuhr an den rotweißen Clownshüten entlang, die den Ort der Kampfhandlungen und die Sicherheitszone markierten, und bemühte sich, nicht auf die aufgeschlitzten Koffer, die goldschimmernden Schutzdecken und die Flaschen zu sehen, an denen die Tropfschläuche hingen.

Über zehn Kilometer ruhte sein Fuß verhalten auf dem Gaspedal, dann fand er unmerklich sein altes Gewicht wieder. Der Verkehr beruhigte sich, und er, der keine Träume mehr hatte, konnte seiner Phantasie freien Lauf lassen. Er sprach mit lauter Stimme, sang vor sich hin oder reihte Melodien aneinander, die nur ihren dunklen Rhythmus gemeinsam hatten. Die Namen auf den braunen Schildern am Straßenrand waren Fallgruben für sein Gedächtnis. Manchmal ließ eine Erinnerung einen Hauch von Wehmut aufkommen, und er ließ sich von Gesichtern überfluten, bis ihre Züge auf der Windschutzscheibe erschienen und über die vorbeiziehende Landschaft tanzten. Dann fixierte er den dreizackigen Stern auf der Kühlerhaube und atmete tief durch, um wieder in die Wirklichkeit zurückzufinden. Wütende Weinbauern hatten die Mautstelle von Ury besetzt. Für ein kleines Lächeln durfte man passieren.

Er legte das gelbe Flugblatt, das von einem Komitee na-

mens «Kluge Kanne» unterzeichnet war, auf den Beifahrersitz und überflog es, während er auf Paris zufuhr. Auf einem der Krakenarme des Boulevard Périphérique drang er in die Hauptstadt ein, vorbei an künstlichen Böschungen. Von dem Stadtteil, den er als junger Mann durchstreift hatte, war nichts übrig geblieben. Nicht einmal der Name. Bercy erinnerte niemanden mehr an das Königreich des Weines. Bestenfalls dachte man an das «Palais Omnisports», aber meistens doch eher an die Allgegenwärtigkeit des Finanzministers. Der Staub der Preßlufthämmer verschleierte die glänzenden Mosaiken der Fabrik, die Klauen der Bulldozer attackierten die betonierten Rotunden der Kühlhäuser, ein löchriger Metallzaun versperrte den Blick auf die Rue Watt. Diese Vernichtung einer Welt, die von der Arbeit geprägt war, gehörte zu den Vorbereitungen für den Bau der Büchersilos der neuen Nationalbibliothek. Vier massive, verglaste Beine eines riesigen, auf dem Kopf liegenden Tisches. Große Tafeln kündigten ehrgeizige Wohnungsbauprogramme direkt am Seine-Ufer an, und er fragte sich wieder einmal, ob der Bau der Oper an der Bastille, des zum Museum für Wissenschaft und Technik umgemodelten Schlachthauses und der Arche in La Défense echtem Bedarf entsprach oder ob ihre Errichtung nicht nur Vorwand für die Rückeroberung großer Teile des volkstümlichen Paris war. Er überquerte die Gleisanlagen des Austerlitz-Bahnhofs an der Tolbiac-Brücke, die irgendein städtischer Architekt in rot-weiß-grün hatte anpinseln lassen, als ob es sich um einen Pizzakarton handelte.
 Sobald er in Sichtweite des Wohnblocks an der Ecke der Rue Jeanne d'Arc war, drückte er auf den Telecommander. Die Nase des Mercedes stieß in die Kelleretagen hinunter, während die Neonlampen flackerten, bis sich ihr kaltes Licht auf den Karosserien stabilisierte, die zwi-

schen Betonpfeilern eingepfercht waren. Im zweiten Untergeschoß fand er zwischen zwei Clios einen Parkplatz in der Nähe der Fahrstuhltür und sammelte die Sachen ein, die sich während der Fahrt im Auto verstreut hatten. Als er um den Wagen herumging und sein Gepäck aus dem Kofferraum holen wollte, spürte er, daß da irgend etwas war. Nichts Konkretes, kein sich bewegender Schatten, kein Atmen, kein Knirschen einer Schuhsohle, nur der Druck eines Blicks. Er erstarrte, den Daumen kurz vor dem Kofferraumschloß, wandte sich um und sah lange in die Garage. Die vielen tausend weißen Mittelstreifen zwischen Narbonne und Paris hatten ihren Eindruck auf seiner Netzhaut hinterlassen. Er schüttelte den Kopf, um seine Aufregung und das Flimmern zu vertreiben. Dann hob er mit beiden Händen seinen Koffer heraus, der wegen der Bücher bleischwer war. Als er vor dem Aufzug stehenblieb, ging das Licht aus. Der Druckknopf zeigte nicht das gewohnte Blinken. Er drückte mehrere Male und zog instinktiv die Tür auf. Der Mann kauerte an der Rückwand der Kabine. Seine Silhouette zeichnete sich im Fahrstuhlspiegel ab. Sloga trat einen Schritt zurück und stieß gegen einen zweiten Mann, der sich in der Dunkelheit genähert hatte. Er stieß ein lächerliches «Pardon» aus, als schon die ersten Schläge auf ihn niederprasselten.

BRETONENJAGEN

Pulp quälte sich aus dem kleinen Peugeot wie ein Krebs aus einem Schuhkarton. Die Politessen hatten noch nicht begonnen, die Straßenränder dieser Seite des Léon-Blum-Platzes zu schröpfen, so daß er wahrscheinlich noch genug Zeit hatte, seinen Kaffee zu trinken, ohne bei seiner Rückkehr einen städtischen Schmetterling an der Windschutzscheibe von Cheryls Auto vorzufinden. Der Kioskbesitzer schnürte die unverkauften Zeitungen vom Vorabend zusammen. Die Tagesproduktion war in formlosen und ungleichen Haufen auf dem Tresen ausgebreitet. Gabriel gelang es, einen fast unversehrten «Parisien» und eine «Libération» herauszuziehen, ohne das schwankende Gleichgewicht in Gefahr zu bringen. Es hatte einmal Zeiten gegeben, in denen schon allein die Tatsache, daß ein Typ die zuerst genannte Zeitung durchblätterte, als regelrechte Kriegserklärung galt. Heute überraschte er sich dabei, daß er mehr Interesse und mehr Verständnis für die Lokalmeldungen hatte als für die schulmeisterlichen Leitartikel seiner zweiten täglichen Informationsquelle. Und trotzdem, er war sich sicher, daß *er sich nicht geändert hatte* ...

Vor der Schreinerei in der Rue Godefroy-Cavaignac stand ein Lastwagen. Ein Trupp von schweigsamen stämmigen Kerlen lud Maschinenteile auf und verstaute sie in der dunklen Höhle des Anhängers. Gabriel näherte sich Papa Alaric, dem Chef der Firma, einem rundlichen Bretonen mit olivfarbenem Teint, der aus dem Hoftor das Kommen und Gehen der Lastträger beobachtete. Er gab ihm die Hand, und der Druck seiner Finger war mehr als schlaff: enttäuscht.

«Hier ist ja mächtig was los! Was machen Sie? Modernisieren Sie, tauschen Sie die alten Maschinen aus?»

Der Schreiner hob die Schultern.

«Um Tischbeine zu machen, braucht man keinen Laser,

und man muß auch nicht jeden Morgen durchs Internet surfen, ob nicht etwa ein Kunsttischler in Fatchakulla über Nacht eine neue revolutionäre Methode erfunden hat!»

«Ja, aber was ist denn hier los?»

Alaric zog den Reißverschluß der Brusttasche seines Blaumanns auf und nahm aus einer verbeulten Schachtel eine Gauloise légère heraus.

«Das sieht man doch, oder? Ich ziehe aus.»

Er hielt Gabriel eine Zigarette hin.

«Danke, aber ich habe immer noch nicht mit dem Aufhören aufgehört ... Warum ziehen Sie aus? Hören Sie auf zu arbeiten?»

Der Rauch des ersten Zigarettenzugs schoß in zwei gleichen Strahlen aus beiden Nasenlöchern.

«Von wegen! Meine Bestelliste ist so lang wie ein Tag ohne Brot. Nein, der neue Eigentümer hat mich rausgeschmissen. Er findet Tischbeine unästhetisch! Sie wollen alles abreißen und ein Galerie-Restaurant bauen ...»

«Noch ein Restaurant! In diesem Viertel kann man beim besten Willen nicht verhungern ... Und wo ziehen Sie hin? Zurück in die Bretagne?»

Alaric wäre fast erstickt.

«Ich, in die Bretagne! Da fahre ich nicht mal im Urlaub hin! Ich brauche Straßen, Kneipen, Autos, die Metro! Frühere Generationen hatten vielleicht Schwierigkeiten, sich umzustellen, aber ich, ich habe mich voll und ganz an die Stadt gewöhnt.»

Gabriel lehnte sein langes Gerippe an die Wand der Einfahrt.

«Das ist ja wirklich kein schönes Ende ... Solange ich denken kann, hing hier das Firmenschild von Alaric ...»

«Wohl wahr! Mein Urgroßvater kam Ende letzten Jahrhunderts als erster, von Nord-Finistère. Die Werber haben ganze Dörfer leergeräumt, indem sie den Eltern und Frauen Vorschüsse anboten. Die natürlich vom ersten Jahresgehalt abgezogen wurden. Etwa so wie Citroën oder Bouygues mit den Marokkanern und Türken ... Damals ging es um die ersten Delaunay-Belleville-Wagen.

Die Fabrik stand in Saint-Denis, nicht weit vom La-Briche-Viertel. Chassis aus Schmiedeeisen, Karrenräder, die Fahrerkabine aus Holz, Ledersitze … Sie brauchten die besten Handwerker des Landes und haben sie aus der Auvergne und aus der Bretagne geholt … Ich habe meinen Urahnen nicht kennengelernt, aber mein Großvater hat fast dasselbe beschissene Leben geführt wie er. Anfangs sprach er kein Wort französisch, und Samstag abends, nach der Maloche, entspannte sich der Pariser Arbeiter bei der Jagd auf die ‹Fremden› … Systematisch die Fresse polieren … Und weißt du, wie sie das nannten, diese Arschlöcher?»

«Nein.»

In elegantem Bogen warf Alaric seine Kippe in das klare Wasser des Rinnsteins.

«Bretonenjagen! Verstehst du? Bretonenjagen, vierzig Jahre vor der Jagd auf die Nordafrikaner. Das ist der Beweis, daß sich nichts ändert, man gewöhnt sich nur daran, das ist alles …»

«Und wo gehen Sie nun hin?»

«Wenn man dir die Freude am Landleben genommen hat und dich dann aus dem Zentrum rausschmeißt, was bleibt dann wohl?»

Gabriel Lecouvreur runzelte die Stirn.

«Keine Ahnung.»

«Das ist doch klar: die Vorstadt. Sie haben mir dreitausend Quadratmeter in Montreuil angedreht, direkt an der Autobahn. Mosinor heißt das … Zwölf Etagen, direkt an einer Umgehungsstraße. Drei Viertel sind von

Konfektionsfirmen belegt, und der Vorplatz ist ein Parkplatz für Müllautos, die Haushaltsmüll zur Wiederaufbereitung einsammeln! Ein Traum!»

«Das klingt ja verlockend … Sie sollten Immobilienhändler werden. Gibt's da wenigstens eine Kneipe?»

«Klar doch, da ist alles hochzivilisiert: Im Erdgeschoß hat gerade ein Burger King aufgemacht ...»

Gabriel Lecouvreur ging zur Avenue Ledru-Rollin zurück, den kleinformatigen «Parisien» als Stoßstange geöffnet, die Nase in den Neuigkeiten von der sich drehenden Kugel versenkt, auf der er sich im Gleichgewicht zu halten suchte. Die Passanten wichen dieser wandelnden Bohnenstange aus, die in den Lauf der Welt vertieft war. Manche drehten sich nach ihm um, und die ältesten von ihnen entdeckten an ihm eine starke Ähnlichkeit mit dem jungen Philippe Clay.

Auf einem Hocker balancierend, schrieb Maria mit Kreide die Liste der Vor- und Nachspeisen auf das Fenster des «Pied de Porc à la Sainte-Scolasse». Mit Hilfe des Hockers befanden sich ihre Köpfe in der gleichen Höhe. Er umarmte sie und deutete auf das Menü.

«Vinaigrette wird mit einem V geschrieben, nicht mit einem B ...»

Sie wandte sich zurück, um zu überprüfen, was sie geschrieben hatte, und begriff im gleichen Moment, daß er sich über sie lustig machte. Als sie ihm antwortete, verstärkte sie ihren spanischen Akzent.

«Ich nicht verstehen ... Es doch gehen um Espinat in Binaigrette ...»

Der Wirt sah nicht, wie er eintrat, da er damit beschäftigt war, die Kaffeemaschine zu bedienen. Gabriel grüßte das Dutzend Stammgäste an der Bar und setzte sich hinter die Topfpflanzen, deren Blätter giftgrün glänzten, seit sie von Maria mit Aspirin und dem Absud von zerstampften Eierschalen gedopt wurden. Léon, der epileptische deutsche Schäferhund, näherte sich ihm in Zeitlupentempo und mit rutschendem Hinterteil. Dabei stieß er zweimal mit der Schnauze gegen die Stühle mit Plastikstrohsitzen, dann ließ er sich seufzend zu Gabriels Füßen nieder.

Gérard, der endlich seine zehn Kaffees und fast ebenso viele Calvas serviert hatte, kam quer durch den Raum und stellte ihm die Arabica-Schale und das tägliche Croissant hin.

«Gib Léon keinen Zucker mehr, er wird immer seltsamer! Er knurrt nicht mal mehr ...»

Normalerweise hätte Gabriel die Naschhaftigkeit des Köters wortreich verteidigt und seine ganze Eloquenz aufgeboten, um hervorzuheben, daß Platon im «Gastmahl» den Philosophen sagen ließ, daß der Geschmack wichtiger sei als das Sehen, und somit zum Ausdruck brachte, daß die Augen nur die Oberfläche der Dinge wahrnehmen, während die Geschmacksnerven die geheime Tiefe der irdischen Genüsse offenbarten. Kurz gesagt, er hätte seine Schau abgezogen. Die Stammgäste warteten auf das Wortgefecht, aber nichts passierte, Gabriel blieb still sitzen, die Nase dicht über die Spalte mit den vermischten Nachrichten gebeugt. Gérard versuchte, das Gespräch in Gang zu bringen.

«Findest du nicht, daß er stinkt?»

Als auch dieser Versuch keinen Erfolg hatte, machte er Anstalten, sich hinter die schützende Theke zurückzuziehen. Da warf Gabriel ihm einen vernichtenden Blick zu.

«Hast du das gelesen?»

Gérard beugte sich über den kurzen Artikel am Ende der Seite:

«Überfall in der Parkgarage. In einer unterirdischen Parkgarage in der Rue Jeanne d'Arc Nr. 2 (13. Arrondissement) wurde ein schwerverletzter Mann gefunden. Dabei scheint es sich um einen Raubüberfall gehandelt zu haben. Das Opfer, ein Bewohner des genannten Hauses, André

Sloga (78), wurde in tiefem Koma in das Krankenhaus Pitié-Salpêtrière gebracht.»

Der Wirt las die Notiz und zuckte mit der Schulter.

«Und wegen so was regst du dich auf? Solche Geschichten hör ich hinter der Theke dreizehn auf ein Dutzend ...»

Gabriel deutete auf die vorletzte Zeile der Meldung.

«Sloga ... André Sloga, sagt dir das nichts?»

«Warum? Sollte es?»

«Eigentlich schon ... Hast du nicht ‹Die Unschuldigen›, ‹Die Ernte des Teufels› oder ‹Wochenende in Nagasaki› gelesen?»

Maria, die Brustspitzen auf der Höhe der Theke, nahm inzwischen die Bestellungen an. Gérard gestand sein Unwissen.

«Ich hab noch nie von ihm gehört. Wer ist das, ein Schriftsteller?»

«Ja, und nicht irgendeiner ... Er ist der Sohn eines Arbeiters aus dem Süden von Paris. Der Vater hat in einer Metallfabrik in Vitry gearbeitet, und sonntags führte er heiße Diskussionen in den Kneipen am Marne-Ufer. Anarcho-Pazifist, Tendenz Schürzenjäger und Säufer ...»

«Ich beginne zu ahnen ...»

«1936, zur Zeit von Guernica, sind Vater und Sohn in die Internationalen Brigaden eingetreten. Sie wurden zum Schutz der Arbeiter-Olympiade in Barcelona eingesetzt, die zur gleichen Zeit wie die Nazi-Spiele in Berlin stattfand, bei deren Eröffnung unsere heißgeliebten Athleten übrigens, wie man immer wieder vergißt, Baron Coubertin an der Spitze, mit dem Hitlergruß einmarschiert sind. Sloga erzählt all das haarklein in seinem Buch ‹Die Unschuldigen›, das Gallimard im Juni 40 herausgebracht hat, mitten im Zusammenbruch ... Als die Übermenschen die Verlage säuberten, wurde fast die gesamte Auflage eingestampft.»

«Ich kenne deinen Sloga erst seit fünf Minuten, aber ich habe den Eindruck, daß er ziemlich viel Pech im Leben hat ...»

Gabriel riß eine knusprige Ecke von seinem Croissant ab und tauchte sie in den dampfenden Kaffee.

«Um so mehr, als das Buch mit dem Tod seines Vaters endet, der von Franco-Anhängern hingerichtet wurde ... Davon ist in all seinen Büchern die Rede, die Wörter, die Fiktion, die Literatur, die Folgen, und immer mitten aus dem Leben, aufregend, aber auch blutig ... Also all das, was den meisten anderen fehlt.»

Gérard sprang zur Theke, um einen Griff an der Kaffeemaschine aufzudrehen, mit dem Maria sich vergebens abmühte.

«Es ist seltsam, daß du mir nie etwas davon erzählt hast. Wir haben über Calet, Hardellet, André Laude und Bove gesprochen, aber über ihn kein Wort. Er ist durch die Maschen gefallen. Hast du dafür eine Erklärung?»

Gabriel beugte sich über seine Schale, umspannte mit beiden Händen den Arcopal-Rand und sog dann mit gespitzten Lippen, wie eine Giraffe, mit einem Zug über die Hälfte des Kaffees auf.

«Das Elend hat niemals aufgehört. Nach dem Krieg hat Gallimard ein halbes Dutzend Titel von Sloga rausgebracht, bis zu dem Tag, an dem sie einen abgelehnt haben ... In diesem Buch sprach er zu offen über die Guillotine, die mit Volldampf in den algerischen Gefängnissen eingesetzt wurde, über die Gestapomethoden, mit denen sich die französische Armee bei den Berbern hervortat. Das war 1955. Daraufhin hat er sich von Gallimard verabschiedet. Zwanzig Jahre später hätte seine Entrüstung für Aufsehen gesorgt, aber Sloga machte den

Fehler, immer nur von den aktuellen Ereignissen zu sprechen. Danach ist er von Verleger zu Verleger geirrt. Das letzte, was ich von ihm gelesen habe, war ‹Die Gegenströmung›, Mitte der achtziger Jahre im Plasma-Verlag erschienen. Soweit ich weiß, hat er seit über zehn Jahren nichts mehr veröffentlicht. Er ist völlig in Vergessenheit geraten. Der Typ, der diesen Artikel hier verzapft hat, wußte sicher nicht einmal, daß er Schriftsteller ist ...»

«Gib ihm doch einen Tip, damit er die Sache richtigstellt ...»

«Ich habe Besseres zu tun, als Journalisten auf die Sprünge zu helfen!»

SCHNURRBART MARKE SCHWARZER LÖWE

Gabriel Lecouvreur kam gerade in dem Moment bei seinem Auto an, als die Hilfspolizistin vom Léon-Blum-Platz den Strafzettel vom Block riß. Sie ignorierte die Hand, die er ihr entgegenstreckte, und klemmte den Wisch vorschriftsmäßig unter den linken Scheibenwischer, ohne ihr Opfer auch nur eines Blickes zu würdigen. Im August waren die Straßen an vielen Stellen aufgerissen, so daß man unendliche Umwege fahren mußte, was den Statistikern die Beobachtung erlaubte, daß das Verkehrsaufkommen in Paris selbst im Sommer dahin tendierte, sich beim Jahresdurchschnitt zu stabilisieren. Er überquerte die Seine auf der Austerlitz-Brücke und fand einen Parkplatz im Schatten der oberirdischen Metro. Einer der beiden Typen in weißem Kittel, die im Wachhaus saßen, beobachtete ihn gelangweilt, als er den Parkplatz überquerte.

Sechs Monate vorher hatte Gabriel eine Untersuchung über den Mißbrauch von Einweisungen in die Psychiatrie gemacht. Der Vorsitzende einer «Vereinigung zur

Verteidigung der menschlichen Würde», der selbst einen verlängerten Aufenthalt in einer geschlossenen Anstalt erleben durfte, hatte ihn durch sämtliche Hospitäler von Paris und Umgebung geschleppt, um ihm die geheimen Einrichtungen zu zeigen, über die die Psychiater des öffentlichen Gesundheitswesens verfügten. Dieser Vorsitzende der revoltierenden angeblich Verrückten hatte eine ausgesprochene Vorliebe für Geheimnistuerei. Gabriel hatte ihn auf einem schäbigen Parkplatz am Austerlitz-Hafen getroffen. Er mußte zweimal lang und zweimal kurz auf die Karosserie eines Elektrikerautos klopfen, bevor sich nach erfolgreicher Kontrolle die Seitentür öffnete. Gabriel mußte sich zweimal zusammenfalten, um in die Fahrerkabine zu passen. Der Vorsitzende hatte seinen Pannenhilfe-Overall gegen Jeans und Sweater ausgetauscht. Dann hatte er sich vor einen Spiegel gehockt, der an einem Holm des Chassis aufgehängt war, und eine pechschwarze Perücke auf seine Glatze gestülpt. Die Verwandlung der Person war komplett, nachdem er sich mit Hilfe von Schuhcreme der Marke Schwarzer Löwe einen zur Perücke passenden Schnurrbart angeklebt hatte. Der Angestellte der Salpêtrière in seinem Wachhäuschen mußte die Verkleidung schon von weitem erkannt haben. Das narkotische Lächeln auf seinen Lippen war größter Heiterkeit gewichen, als ein Windstoß beim Vorbeigehen die Perücke des Präsidenten um ein Viertel gedreht hatte. Der Versuch des Elektrikers, Ordnung in seine synthetische Haarpracht zu bringen, hatte die Katastrophe nur vergrößert: Der Ärmel des viel zu großen Sweaters war über Nase und Wangen gefahren und hatte das Gesicht des Vorsitzenden mit häßlichen schwarzen Flecken verziert. Gabriel wollte umkehren, aber sein Führer, der nicht gemerkt hatte, daß die Perücke nach hinten gerutscht war und sein Schnurrbart sich vermehrt hatte, zwinkerte ihm tapfer zu, daß er die Situation voll im Griff habe.

Leicht verschämt senkte Gabriel Lecouvreur den Kopf, als er jetzt zum zweiten Mal in seinem Leben an dem Wachhäuschen vorbeiging. Dann ging er direkt zum Empfangsbüro. Er bewunderte die Formen einer jungen Frau von den Antillen, die damit beschäftigt war, die Bereitschaftsdiensttafel zu sortieren, die an der gegenüberliegenden Wand hing. Nachdem er ihren Hüftschwung ausgiebig betrachtet hatte, entschloß er sich zu hüsteln, um ihre Aufmerksamkeit zu erregen.

«Können Sie mir sagen, in welcher Abteilung Herr André Sloga liegt? Er ist ein Verwandter von mir. Er ist letzte Nacht eingewiesen worden, nach einem Überfall ...»

Ihre perlmuttglänzenden Fingernägel glitten über das kühle Papier des Empfangsbuches, und die Spitze ihres Zeigefingers blieb bei einem Namen stehen.

«Er ist immer noch auf der Intensivstation. Es tut mir leid, aber Besuche sind grundsätzlich verboten.»

Gabriel schickte sich an zu gehen, drehte sich dann aber wieder um.

«Vielleicht kann ich vom Arzt etwas über ihn erfahren. Wissen Sie, wer ihn behandelt hat?»

Die junge Frau hob die Schultern.

«Professor Lehmann hat sich um ihn gekümmert, aber ich glaube kaum, daß er mit Ihnen sprechen wird!»

Gabriel wurde höflich abgewiesen, als er versuchte, sich dem Personal der Intensivstation zu nähern und Informationen über Slogas Zustand zu bekommen. Er gab sich damit zufrieden, im Mittelhof auf und ab zu gehen und das Kommen und Gehen zu beobachten, um eine Lücke im Überwachungssystem zu entdecken. Schließlich gab er auf. Als er durch die Anbauten des Krankenhauses zum Ausgang ging, traf er eine Krankenschwester, die damit beschäftigt war, Bücher aufzuheben, die von einem Wagen gefallen waren, der normalerweise dazu diente, das Essen auszufahren. Er hockte sich nieder und hob einige Englischlehrbücher auf, die er der jungen Frau reichte.

«Was machen Sie mit Büchern in einem Krankenhaus?»

Sie stand auf und zog den Saum des Kittels über ihre Knie.

«Ich kümmere mich um die Bibliothek. Es gibt viele Patienten, die das Fernsehen satt haben und lieber etwas lesen wollen.»

Gabriel sammelte die letzten Taschenbücher vom Boden ein und stand ebenfalls auf.

«Es ist seltsam ...»

Sein Zögern hatte ihr Interesse geweckt.

«Was ist seltsam?»

«Oh, nichts. Ich habe gerade erfahren, daß ein Schriftsteller zwei Schritte von hier um sein Leben ringt ... Und dann all diese Bücher, auf dem Boden ...»

Der Blick der Bibliothekarin belebte sich.

«Sie kennen André Sloga?»

«Gewiß. Ich meine, durch seine Schriften ... Gestern habe ich noch einmal ‹Die Unschuldigen› gelesen ... Ich hätte ihn wirklich gern besucht, aber Ihre Kollegen lassen niemanden zu ihm.»

Sie schob ihren Wagen zu einem kleinen runden Raum, der als Cafeteria diente, und setzte sich auf einen Stuhl.

«Das hat keinen Sinn, Sie würden nur ein verbundenes Gesicht sehen, mit Schläuchen in Nase und Mund. Ich habe mit Begeisterung all seine Bücher gelesen, und es ist unerträglich, jemanden, der einem so viel gegeben hat, in einem solchen Zustand zu sehen ... Ich bin eher Krankenschwester als Bibliothekarin, und ich habe mich an die schlimmsten Anblicke gewöhnt … Abgehärtet. Aber das, das war wie beim ersten Mal.»

«Ist er so schlimm zugerichtet worden?»

Gedankenverloren bewegte sie den Kopf hin und her.

«Ja … Man fragt sich, wie er das überlebt hat …»

Gabriel erkannte darin das Markenzeichen professioneller Schläger: der höchste Grad von Einschüchterung, der darin besteht, das Opfer im Ungewissen zu lassen – halb tot, halb lebendig.

«Weiß man, was passiert ist?»

«Nicht genau … Nach dem, was ich gehört habe, hat ihn einer seiner Nachbarn gefunden, als er versuchte, die Treppen von der Parkgarage zu seiner Wohnung hochzukriechen, etwa um ein Uhr morgens. Die Polizisten vom Boulevard de l'Hôpital haben ihn zu uns gebracht. Sie haben herausgekriegt, daß Sloga gerade aus dem Urlaub zurückgekommen war und daß er von einer Bande von Strolchen überfallen wurde, die sein Gepäck geklaut haben … Natürlich hat er auch in einem komischen Viertel gewohnt …»

«In der Zeitung hieß es, Rue Jeanne d'Arc. Die Gegend ist schon vor ein paar Jahren saniert worden, fast eine gute Wohngegend …»

Ihr war anzusehen, daß sie seine Einschätzung der Wohnverhältnisse in dieser Ecke des 13. Arrondissements nicht teilte.

«Wissen Sie, ob er noch sprechen konnte?»

«Ich habe zwei Stunden bei ihm Wache gehalten, am frühen Nachmittag … Er hatte plötzlich Alpträume, wie alle, die so etwas durchmachen … Er schrie … (Sie korrigierte sich) … Nein, er hat nicht geschrien … Er hat vor sich hin gemurmelt, aber man merkte, daß er eigentlich schreien wollte.»

«Was hat er gesagt?»

«Nichts. Einzelne Wörter, ohne Bedeutung ...»

Gabriel beugte sich zu ihr vor.

«Welche Wörter? Versuchen Sie sich zu erinnern, ich bitte Sie!»

Sie schloß einen Moment die Augen.

«Er hat mehrere Male gesagt ‹Lautsprecher›, ja, das ist es ... ‹der Lautsprecher am Platz› ... Das kam alle zehn Minuten ... Außerdem wiederholte er immer wieder ‹die Bank, die Bank›, und einmal hat er einen Vornamen gesagt ...»

Gabriel legte seine Hand auf die der jungen Frau.

«Welchen?»

Sie sah ihm direkt in die Augen.

«Max.»

FROSTIGE MALER

Während er das Krankenhaus verließ, gingen ihm die Wörter durch den Kopf, die der Schriftsteller auf seinem Schmerzensbett wie eine verkratzte Schallplatte andauernd wiederholt hatte: Max, die Bank, der Lautsprecher am Platz. Er stieg in seinen Wagen und blieb eine Weile still sitzen, die Arme auf das Lenkrad gestützt, auf der Suche nach der magischen Formel, die ihm des Rätsels Lösung liefern würde. Die Bank von Max unter dem Lautsprecher am Platz. Ein Bankmax für den Lautsprecher am Platz. Der Platz von Max über dem Sprechzimmer. Laut sprechen, Max, auf der Bank am Platz ... Das Donnern der oberirdischen Metro riß ihn aus seinen Gedanken. Er warf den Motor an und fuhr zur Rue Jeanne d'Arc, die er bis zur Rue de Tolbiac hinunterfuhr. Bevor er ausstieg, steckte er sich vorsorglich zwei Kaugummis in den Mund; außerdem schnitt er von einer

Rolle etwa dreißig Zentimeter orangenen Faden ab.
26 Künstler aus der Hausbesetzerszene klebten bunte handgemalte Plakate an Wände und Pfeiler und befestigten sie mit Klebeband auf den Schaufenstern von sympathisierenden Geschäftsleuten. Wenn man sich die Plakate ansah und sich ein bißchen Zeit nahm, konnte man den in zittriger Schönschrift verfaßten Spottversen entnehmen, daß sie gegen die bevorstehende Vertreibung von etwa hundert Malern, Bildhauern und Schauspielern aus den leerstehenden Kühlhäusern protestierten, die über den Eisenbahnschienen aufragten. Gabriel vergewisserte sich, daß Slogas Name auf dem Klingelbrett stand. Er wußte zwar, daß der Schriftsteller wie ein einsamer Wolf lebte und keinen Hehl aus seiner Menschenfeindlichkeit machte, die vom Scheitern dreier Ehen noch zusätzlich genährt wurde. Trotzdem drückte er auf die Klingel, um sicherzugehen, daß niemand in der Wohnung war. Tagsüber konnte man problemlos in die Vorhalle gehen, doch der Zutritt zu den Etagen war durch eine gepanzerte Tür versperrt. Gabriel zog den städtischen Universalschlüssel aus seiner Tasche, den ihm ein Hauptmann der Feuerwehrleute von der Rue de la Pompe vermacht hatte. Dieser Dietrich paßte bei allen Schloßsystemen in Paris und Umgebung, von den einfachsten bis zu kompliziertesten. Die zwölf Sperriegel sprangen gleichzeitig auf und machten dabei ein Geräusch wie ein Regiment von Paradesoldaten, die ihr Gewehr präsentieren – und er befand sich in einem langen grauen Flur, wo an der rechten Wand drei Reihen von Briefkästen hingen. André Sloga hatte
26 zwei Briefkästen: der erste, ziemlich klein, und ein weiterer für größere Sendungen. Gabriel zog die Reklame heraus, der es ebenfalls gelungen war, die elektronische Sperre zu überwinden, und stellte fest, daß sich im ersten Blechkasten etwa zehn Briefe befanden. Er vergewisserte

sich, daß er allein war, zog den orangenen Faden aus der Tasche und befestigte an einem Ende das Stück Kaugummi, auf dem er gut fünf Minuten herumgekaut hatte. Mit Hilfe dieser Konstruktion gelang es ihm, in kurzer Zeit alle Briefe herauszufischen, die der Schrifsteller bekommen hatte. Sieben Umschläge enthielten nichtsnutziges Zeug, das das Leben aller Bürger belastet: Finanzamt, Telefon, Strom, Versicherungen. Gabriel steckte sie in ihr Nichts zurück und behielt nur vier Briefe, auf denen kein Absender stand. Dann wandte er sich dem Kasten für Päckchen zu. Die Faden-Kaugummi-Maschine hatte ihre Grenzen. Aber das dünne Blech der kleinen Klappe ließ sich leicht verbiegen, und er hatte keine Probleme, das einzige Päckchen, das sich in diesem Briefkasten befand, herauszuziehen. Nachdem er den Kasten losgelassen hatte, bog sich das Metall in seine ursprüngliche Form zurück. Als er sämtliche Post in seine Tasche gesteckt hatte und gerade das Gebäude verlassen wollte, hörte er die Eingangstür aufgehen. Er öffnete irgendeine Tür und hatte den Müllschlucker vor sich. Eine weitere Tür auszuprobieren, um das Treppenhaus zu finden, war keine Zeit mehr. Die Deckenbeleuchtung spiegelte sich bereits auf dem blanken Schädel von Inspektor Vergeat. Der Bulle gab ein langes, quiekendes Geräusch von sich. Das war seine Art zu lachen.

«Lecouvreur! Du bist wirklich der letzte, den ich hier zu treffen erwartet hätte. Aber in der Tat, du bist genau am richtigen Platz ...»

«Ach nee ...»

«Aber ja, du bist überall richtig, wo es nach Scheiße stinkt!»

Vergeat hatte sich den Briefkästen genähert und war beruhigt, als er feststellte, daß der von Sloga nicht geleert worden war.

Er bewegte sich sehr seltsam, zupfte ständig an seiner Bügelfalte, fuhr mit den Händen über seine Jackentaschen, überprüfte dreißigmal in der Minute das Vorhandensein seiner Hemdknöpfe, die Festigkeit seiner Gürtelschnalle und den korrekten Sitz seines Ziertaschentuchs. Nach jedem Treffen nahm Gabriel sich immer wieder vor, Vergeats Verhalten einem versoffenen Psychiater zu beschreiben, der Stammgast im «Pied de Porc» war, aber bis jetzt war es noch nicht dazu gekommen. Wenn er ihm von diesen Fehlleistungen erzählen würde, würde der Psychoklempner ihm sicherlich erklären, daß er eigentlich gar nichts über die verdrehte Motorik des Polizisten erfahren wollte, sondern ihn, unbewußt, lieber mit gleichen Waffen bekämpfen würde. Das war schon richtig: Er bekämpfte nicht den Kleinbürger, sondern den Bullen, der sich bei Vergeat eingenistet hatte.

«Was machst du hier?»

Gabriel zeigte nach oben.

«Nichts, ich habe gerade eine alte Tante besucht.»

Der Inspektor steckte die Hände in die Hosentaschen und fummelte an seinen Schenkeln herum.

«Ich hab gar nicht gewußt, daß dieser André Sloga schwul war!»

«Ich weiß nicht, wovon Sie sprechen. Wer ist dieser Typ? Wohnt der hier?»

Vergeat hob die Knie hoch, eins nach dem anderen, und zerrte an seinen Socken.

«Mach keine Spielchen mit mir, du wirst wahrscheinlich verlieren ... Weißt du, warum ich nicht überrascht bin, dich hier zu treffen?»

«Sprechen Sie nur weiter ...»

«Ganz einfach, weil du sein Sohn sein könntest! Ihr habt dieselbe Scheiße in euren Wasserköppen ... Mißtrauen

gegenüber der Ordnung, unbändigen Haß auf Uniformen, grundsätzliche Anzweifelung der Gesetze … Arschlöcher, geborene Arschlöcher seid ihr!»
Er rhythmisierte seine Tirade durch eine Serie von Schlägen auf den Saum seines Jacketts. Gabriel machte Miene, zur Tür zu gehen. Vergeat rammte seine Schulter gegen die Wand.
«Was hast du hier zu suchen?»
«Hören Sie, Inspektor, ich bin ein ganz normaler Bürger, und als normaler Bürger darf ich mich frei bewegen, wo es mir gefällt, ohne daß ich irgendwelchen staatlichen oder militärischen Instanzen darüber Rechenschaft zu geben habe … Andererseits habe ich eine Reihe von Fragen, was Sie betrifft …»
Vergeat nahm die Brille ab und putzte sie nervös mit seinem Taschentuch, das er sorgsam glattstrich und zusammenfaltete, bevor er es wieder an seinen Platz steckte.
«Ach nee, welche denn?»
«Was kann ein blöder Bulle wie Sie vom Leben eines Spitzenschriftstellers wie Sloga begreifen?»
Der Inspektor stellte sich auf die Zehenspitzen und packte Gabriel am Kragen. Die Wörter zischten zwischen seinen allzu weißen Zähnen hervor.
«Du hast keine Ahnung, wie sehr ich solche Typen wie dich hasse … Ich krieg schon Alpträume, aber ich schwöre dir, eines Tages werde ich dich zerquetschen …»
Es wurde ihm bewußt, wie lächerlich er aussah, und seine Hacken sanken auf die Kacheln des Flurs zurück.
 Er zog den Knoten seines Schlipses fest.
«Ich weiß nicht, worauf du aus bist, Lecouvreur, aber du wirst nichts finden. Wir verfolgen eine Bande von Koksern, die die alten Lagerhallen am Austerlitz-Bahnhof besetzt haben und die die Nachtschwärmer in den Park-

garagen überfallen, um Geld für ihren nächsten Schuß zu kriegen.»

«Es ist allerdings seltsam, daß man gerade Sie auf einen solchen Fall angesetzt hat … Ich wußte noch gar nicht, daß man beim Nationalen Sicherheitsdienst eine Sonderabteilung zur Überwachung von Parkplätzen eingerichtet hat.»

Vergeat polierte seine Schuhe, indem er sie auf der Höhe der Knöchel an seinen Hosenbeinen scheuerte.

«Du laberst und laberst und weißt nicht mal ein Bruchteil von dem, um was es geht. Der Nationale Sicherheitsdienst ist nur die Spitze des Eisbergs … Das Entscheidende passiert unter der Oberfläche. Sobald der Name von André Sloga in den Zentralcomputer eingetippt war, wurden Verbindungen hergestellt und seine Daten zu uns rübergefaxt. Dieser Tintenpisser ist uns in den siebziger Jahren ganz schön auf den Sack gegangen! Nun hat er seine Packung abgekriegt! Also hat man mich gebeten, nur der Form halber einen kleinen Umweg zu machen, auch wenn der Kunde seit einem Vierteljahrhundert kein Lebenszeichen von sich gegeben hat …»

Der Inspektor runzelte die Stirn, als Gabriel begann, den Saum seines Jacketts herunterzuziehen und die Knitterfalten glattzuziehen.

«Wenn man Sie so reden hört, kann man ja ganz beruhigt sein … Er hätte mal sehen sollen, wieviel Zeit Sie für ihn aufwenden!»

Gabriel zog ein paar Mal den Reißverschluß seines Hosenschlitzes rauf und runter, was ein nervöses Zucken auf Vergeats Gesicht verursachte, der für einen Augenblick sogar sein eigenes Aussehen vergaß.

«Viele Tage … Am schlimmsten war es, als er sich heimlich mit einer Polynesierin auf einer kleinen Pazifikinsel niederließ, mitten in der Atomversuchszone. Die Militärs haben das erst am Abend vor dem Tag X gemerkt, und das ganze Programm mußte verschoben werden.»

Gabriel zog zweimal am Reißverschluß und nutzte die Verwirrung des Inspektors, um zur Tür zu gehen.

«Ich kenne diese Geschichte, Sloga erzählt sie ausführlich in ‹Ein Wochenende in Nagasaki›, das noch in vielen Buchhandlungen zu haben ist.»

Er ging rückwärts in die Halle. Bevor die Tür zuging, sah er, wie Vergeat mit einem Nachschlüssel Slogas Briefkästen öffnete und die Rechnungen herausnahm.

GRAND PRIX DES JUNGEN THEATERS FÜR DAS REALE

Gabriel nahm einen Halben an der «Bar des Cantagrels», und während er Slogas Briefe durchblätterte, sah er, wie Vergeat das Haus verließ. Der Inspektor war offensichtlich nicht zur Wohnung des Schriftstellers hinaufgegangen. Gabriel kämpfte gegen die Versuchung, seinerseits hinaufzugehen. Er entschied sich, bis zur Tolbiac-Brücke zu gehen, um sich zum Nachdenken zu zwingen. Mehrere Jahre hatte er sich stark für Eisenkonstruktionen interessiert, und er wäre bestimmt Ingenieur geworden, wenn die Eisenwarenhandlung von Onkel Émile und Tante Marie-Claire, die ihn nach dem Tod seiner Eltern aufgenommen hatten, nicht am Eingang der Passage Deux Sœurs gelegen hätte, etwa hundert Meter von einem Skinhead-Lokal namens «Block 18». Auf dem Schulweg kam er zweimal am Tag an dem mit den Postern der Hardrock-Gruppe Commando 88 zugeklebten Schaufenster vorbei, ohne ihm viel Aufmerksamkeit zu schenken. Jedenfalls bis zu dem Tag, an dem er den Sohn eines bekannten Anwalts traf, der, nicht weil er seine Familie ablehnte, sondern aus Überzeugung, in einer autonomen Gruppe mitarbeitete und ihm erklärte, was es mit dem Zahlencode der Skins auf sich hatte: 18 bedeutete ganz einfach Adolf Hitler, die 1 stand für das A, den ersten Buchstaben des Alphabets, die 8 für das H. Was die 88 betraf, war die Sache noch klarer, man brauchte bei jeder 8 nur die beiden ersten Abschwünge zu übermalen und erhielt die Abkürzung SS. Die Eisenwarenhandlung hatte genug Vorräte, um eine Belagerung durchzustehen. Eine Woche später explodierten im Schaufenster von «Block 18» zwei wohldosierte Molotowcocktails und ließen hauptsächlich zwei Harley-Davidsons in Flammen aufgehen. Einen Monat später hatten es sich die braven Bürger des Stadtteils nicht verkneifen können, ihn zu identifizieren und bei der Polizei anzuzeigen. Während seines Strafdienstes war er in schneebedeckten Wäldern umhergekrochen. Diese sechs Monate hatten dazu gedient, seine Waffenkenntnisse zu vervollständigen.

Neben einer Bronzetafel, die die Konstruktion der Brücke dem Ingenieur Daydé, am Ende des letzten Jahrhunderts, zuwies, stützte er sich auf das Geländer und zog die vier Briefe aus der Tasche. Aus dem Poststempel des ersten ging hervor, daß er vor fünf Wochen in Fontenay-sous-Bois abgeschickt worden war. Er riß den Umschlag auf und nahm ein Blatt heraus, das mit einer winzigen Schrift bedeckt war.

«Fontenay, 24. Juli 1995,
Élisabeth Puchet,
12, rue Maxime Gorki,
94 Fontenay-sous-Bois

Sehr geehrter Herr Sloga, ich greife erneut zur Feder, da ich nicht weiß, ob meine vorherigen Briefe Sie erreicht haben. Ich habe diese Adresse (Ihre Adresse?) nur unter größten Schwierigkeiten bekommen. Keiner ihrer Verleger scheint noch Kontakt zu Ihnen zu haben, und sie erklärten, daß sie nicht in der Lage seien, mir zu helfen, mit Ihnen Verbin-

dung aufzunehmen. Durch einen glücklichen Zufall arbeitet mein Bruder am Flughafen von Roissy in der gleichen Firma wie eine Ihrer Kusinen, und auf diesem Umweg schreibe ich Ihnen.

Ich arbeite in einer Theatergruppe, die schon eine ganze Reihe von Adaptationen bedeutender zeitgenössischer literarischer Werke (zum Beispiel ‹Blut und Elend› von Pierre Bondieff und ‹Die unmögliche Antwort› von Philippe Duras, Grand Prix ex aequo des Jungen Theaters für das Reale) aufgeführt hat, und ich möchte sehr gern eines Ihrer Werke auf die Bühne bringen, das meiner Meinung nach das am meisten ausgereifte ist, ‹Die Ablösung der Hoffnungslosen›...»

Er faltete das Schreiben der Bittstellerin zusammen, ohne es zu Ende zu lesen. Der zweite Brief war von einer Gesellschaft zur Vertretung von Autorenrechten. André Sloga sollte sich zwischen neun und zwölf Uhr am Kassenschalter in der Rue Ballu einfinden, um die Vorauszahlung in Empfang zu nehmen, die er für die Lesung einer Reihe seiner Texte in einem unabhängigen Radiosender in Übersee gefordert hatte. Der dritte Umschlag enthielt eine Monatsrechnung für Kopierarbeiten und Büromaterial von der Firma Docutec. Etwas Überraschendes verbarg sich in einem kleinen unfrankierten Pappumschlag, wie er nur von den Sozialämtern in den Vorstädten benutzt wurde. Die Botschaft, die in Großbuchstaben auf einen Reklamezettel gekritzelt war, der die Vorzüge von Corona-Bier anpries, zeichnete sich durch ihre Kürze aus: «LETZTE WARNUNG».

Gabriel drehte den Zettel mehrfach um und steckte ihn dann in den Umschlag zurück. Auf dem Päckchen stand die Adresse des Absenders: «VERGRIFFENE TITEL, Bibliographische Recherchen, 33, rue de la Santé, 75013 Paris». Das darin befindliche Buch war von einem getippten

Brief begleitet, in dem man sich für das Vertrauen bedankte, das der Kunde dem Service «Vergriffene Titel» geschenkt hatte. Auf dem Buchumschlag stand nur der Name eines obskuren Verlags in Narbonne: «Pfade und Ackerland». Das sorgfältig hergestellte Buch stammte aus den frühen fünfziger Jahren, und alle Kapitelanfänge waren mit Stichen verziert. Der Titel stand auf dem Vorsatzblatt: «Die Fünf Sinne» von Joseph Delteil. Eine endlose Reihe von Lieferwagen ließ die Brücke erzittern, und durch den Luftzug wurden die Buchseiten umgeblättert: «Jede Stunde erkundet ein schwarzglänzendes Negerlein die Gesundheit der Kugelbakterien. Banden von Negerinnen, die Titten in den Kalebassen ...»

Als er beim Wort «Negerinnen» hängenblieb, fühlte er, wie ihm jemand auf die Schulter klopfte. Inspektor Vergeat näherte sich seinem Gesicht und sprach mit lauter Stimme, um das Dröhnen der alten Eisenkonstruktion zu übertönen.

«Ein seltsamer Platz zum Schmökern!»

Gabriel deutete auf die vier Glassilos mitten im Niemandsland der Austerlitz-Baustelle.

«Der Bau meiner Bibliothek hat sich verzögert.»

Er ging fort, ohne noch etwas zu sagen. Die Windschutzscheibe des Peugeot war mit einem weiteren Schmetterling verziert, eine höchst gemeine Art, die im 13. Arrondissement prächtig gedieh. Er legte den Zettel auf den wachsenden Haufen, der auf die Generalamnestie zu Beginn der zweiten Amtsperiode von Chirac wartete, und fuhr zur Rue Popincourt.

34 Kaum hatte er einen Fuß auf die Fliesen des Friseursalons gesetzt, stürzte der Terrier der Praktikantin auf ihn zu und fiel beim Zusammenprall auf den Rücken. Gabriel versuchte ihn mit der Stiefelspitze wieder auf die Füße zu drehen, aber das Fell des Tieres glitt an dem Leder ab.

Die Kundinnen unter ihren Frisierhelmen lachten, und es war an ihren Gesichtern abzulesen, daß sie sich vorstellten, was der Gatte der Chefin von der Praktikantin zu hören bekommen würde, weil er ein unschuldiges Tier derartig behandelte. Gabriel öffnete die Tür, die zur Wohnung führte, und es gelang ihm, sie vor der Schnauze des aufgeregten Hundes zuzuschlagen. Cheryl nutzte den geringen Kundenandrang am Ende des Vormittags, um sich vom Getratsche der Perückenträgerinnen zu erholen. Sie hatte sich auf der Polsterbank inmitten ihrer Plüschtiersammlung ausgestreckt und sah sich zum tausendsten Mal einen Zusammenschnitt der Gesangsnummern von Marilyn Monroe an. Er faltete sich zusammen, um ihren Nacken zu küssen. Sie stützte sich auf die Ellbogen und streckte ihre Brust heraus.

«Ich habe den Eindruck, du hast dich heute morgen nicht gelangweilt ...»

«Eigentlich nicht. Woran siehst du das?»

Sie deutete auf seinen Schoß.

«Das Geschäft für Scherzartikel und Possen ist immer noch geöffnet!» Gabriel zog schnell den Reißverschluß hoch.

«Ich habe Vergeat einen Streich gespielt.»

Cheryl drückte auf die Fernbedienung und ließ die Kassette herausspringen.

«Aha, ich sehe schon, eure Beziehungen haben sich merklich verbessert. Habt ihr euch damit vergnügt, die Hosen runterzulassen?»

Er setzte sich neben sie und erzählte, was er im Laufe des Vormittags erlebt hatte, vom ersten Strafzettel am Léon Blum-Platz bis zu seinem Zwillingsbruder in der Rue Jeanne d'Arc.

Als er fertig war, war sie nackt. Und die Welt existierte nur noch für die anderen.

Gabriel war inmitten der Känguruhfamilie aufgewacht. Das Surren der Föne übertönte den Verkehrslärm. Er schob die Plüschtiere beiseite und sammelte seine Klamotten ein. Dann sah er sich noch einmal die vier Briefe an Sloga an und vertiefte sich erneut in das Buch von Joseph Delteil. Schon lange vor Camus war die Pest in die Welt eingefallen, die in den «Fünf Sinnen» beschrieben wurde. Alle Völker der Welt flüchteten voller Panik zum Nordpol, wo der Virus anscheinend seine Kraft verlor. Elie-Elie, seines Zeichens Gelehrter, wurde immer mehr zum Sühneopfer, stückweise wurden ihm die Sinne herausgerissen, die der Schöpfer den Menschen in seiner Großzügigkeit wie fünf aufgeblühte Blumen geschenkt hatte: Hören, Riechen, Schmecken, Sehen und Tasten.

Gabriel, ein erfahrener Krimileser, hatte den Schurken in Elie-Elie entdeckt, sobald er unter der feinsinnigen Feder von Joseph Delteil auftauchte.

«Er war in Wien zur Welt gekommen, sein Vater war Jude, aber seine Mutter war eine Amerikanerin.»

Gabriel blieb einen Moment bei dem «aber» hängen, das die niederträchtige Tendenz des Satzes noch verstärkte.

> «Jüdisches und Yankee-Blut vermischte sich in seinen Adern wie in der modernen Gesellschaft. Dieser Mischung verdankte er seine Gesichtszüge und seinen Geschäftssinn. Wiener Walzer, Esaus Linsen und Schweinefleisch aus Chicago ergänzten sich bei der Ernährung seiner geistigen und leiblichen Seele. Er war schwabbelig wie ein Erzbischof und fett wie ein Bankier von der Wall Street.»

Ihm wurde vor dem Ende des Porträts schlecht, aber er

zwang sich, jedes der mörderischen Wörter genau zu lesen.

> «Eine Art von tausendjähriger Kraft, verpackt in Musik und Speck, ging von seiner schmierigen Korpulenz und seinem Gesicht mit der goldenen Brille aus. Eine monströse und eunuchenhafte Blüte, eine hybride Schönheit, er vereinigte in seinem Körper slawisches Blut und neue Knochen, Moses und Rockefeller.»

Das Buch glitt aus seinen Händen, und er blieb lange still liegen. Den Blick auf die Zimmerdecke gerichtet, entwarf er eine Unmenge von Szenarios, die allesamt nicht erklären konnten, wie ein solches Machwerk in den Briefkasten eines Menschen wie André Sloga kam. Er stieg die Treppe hinunter und versetzte dem Terrier einen Tritt in den Hintern, sobald er die Tür zum Friseursalon geöffnet hatte. Das Hündchen flüchtete zum Arbeitsplatz seiner Herrin und verkroch sich unter einem Waschbecken. Im Vorübergehen umarmte er Cheryl, die damit beschäftigt war, der Frisur einer Kopie von Jackie Sardou festen Halt zu geben.

Die Räumlichkeiten von «Vergriffene Titel» befanden sich in einem Mansardenzimmer, das mit einer antiken Fensterluke verziert war und sich im achten Stockwerk eines Gebäudes ohne Fahrstuhl befand. Seit einer fröhlichen Studentendemonstration war er nicht mehr im Santé-Viertel gewesen. Dabei war es darum gegangen, gegen das Mindesteinkommen zu protestieren, das der letzte rechte Premierminister eines Präsidenten durchsetzen wollte, der sich als links bezeichnet hatte. Die letzten zerstreuten Elemente eines Zuges fluteten zwischen den hohen Mauern zurück, verfolgt von der Bereitschaftspolizei, die endlich zum Einsatz kommen wollte, als die an den Gitterstäben ihrer Zellen stehenden Gefangenen ihnen zuriefen, daß alle Autos, die in der Rue de la Santé parkten, den Gefängniswärtern gehörten. Das ganze Jahr über profitierte diese paradiesische Ecke von der Nachsicht der Politessen, die die einzige Abwechslung für die Gefangenen waren, und die zu langen Haftstrafen Verurteilten konnten sich nicht einmal mehr an die Farbe von Strafzetteln erinnern. Die Demonstranten hatten schnell die Peugeot GTI, Renault TS, Citröen ZX und Mercedes TD umgekippt, denen man den bitteren Schweiß des Judaslohns ansah. Gabriel hatte davon Abstand genommen, den jungen Leuten zu helfen, da er fürchtete, wegen seines Alters für einen verkleideten Polizisten gehalten zu werden.

Er duckte sich und trat einen halben Schritt in den Raum des Bücherwurms. In der Hoffnung auf einen leichten Luftzug ließ er die Tür ein wenig offenstehen. Der knarrende Fußboden erweckte die Aufmerksamkeit eines sechzigjährigen Mannes, der damit beschäftigt war, Bücher in Umschläge zu stecken, die dem von Sloga ähnelten. Sein Gesicht war mit Schweißtropfen bedeckt, die schwer wie die ersten Gewittertropfen waren und auf Bücher, Rechnungen und Umschläge fielen. Er verschaffte sich für einen Moment Erleichterung, indem er sich mit dem Hemdsärmel über die Stirn wischte.

«Sie wünschen, bitte?»

Gabriel ignorierte die Frage.

«Sind Sie derjenige, der sich damit beschäftigt, unauffindbare Bücher zu suchen?»

«Wenn man seinen Lebensunterhalt verdienen muß, merkt man sehr schnell, daß es besser ist, gesuchte Bücher zu finden.»

Gabriel deutete an, daß er das Wortspiel verstanden hatte, indem er sein Gesicht verzog. Während er nähertrat, las er die Titel einiger Bücher, die neben einem Locher aufgestapelt waren. «Andalusische Käferarten» von

Jaime Izquierdo, «Die Stimmung in den Schützengräben» von Oberst François Dubanchet, «Wein und Spiritualismus» von Robert Illier ... Er wußte nicht so recht, was er von diesem Typen halten sollte, der weiterhin seine Päckchen packte, und entschloß sich, zunächst einmal mit offenen Karten zu spielen.

«Kennen Sie André Sloga?»

Ein Schweißtropfen zitterte kurz auf der Stirn und fiel dann auf ein Buch mit dem Titel «Briefe an eine verstorbene Freundin» von Clotilde Tempruns, das mit einer roten Banderole geschmückt war, auf der stand, daß die Sammlung mit dem Valentine-Abraham-Verlain-Preis ausgezeichnet worden war, verliehen von der Académie française an eine «vom Unglück geschlagene Dichterin».

«Selbstverständlich. Seine Bücher werden ab und zu bei uns bestellt. Ich glaube, im Moment sind alle gängigen Ausgaben seiner Werke vergriffen, von ihm ist niemals etwas als Taschenbuch wiederaufgelegt worden. Einige seiner Bücher würden das durchaus verdienen. Sind Sie deshalb gekommen?»

«Eigentlich nicht, nur zum Teil ... Ich helfe ihm ein wenig bei seinen Recherchen, ich tippe seine Manuskripte ...»

«Er schreibt immer noch?»

«Er schrieb ...»

Der Mann hielt inne und wandte den Kopf.

«Was soll das heißen, er schrieb?»

«Haben Sie denn nicht gelesen, was ihm zugestoßen ist?

Es stand heute morgen im ‹Parisien›.»

«Ich habe keine Zeit zum Zeitunglesen.»

Gabriel zog eine Karteikarte aus der Tasche, die er beim Lesen der «Fünf Sinne» beschrieben hatte, und strich sie glatt wie ein kostbares Dokument.

«Er hat einen schweren Autounfall gehabt. Ich komme gerade aus dem Krankenhaus, er hat mich gebeten, eine Menge Sachen für ihn zu erledigen. Dabei geht es um alles mögliche. Es gibt sogar Dinge, die ich nicht verstehe!»

Die Erwähnung von Geheimnissen weckte die Neugier des Jägers von seltenem Papier, seine Augen begannen zu leuchten.

«Welcher Art?»

Gabriel faltete die Karte sorgfältig zusammen und steckte sie wieder ein.

«Ich möchte Sie damit nicht belästigen, ich werde schon zurechtkommen. Was Sie betrifft, so hat er mich gebeten, eine Liste aller Bücher zu erstellen, die er bei Ihnen bestellt hat. Er erinnert sich nur an das letzte, einen Titel von Delteil ...»

Der Lieferant von unlieferbaren Büchern öffnete die oberste Schublade seines Schreibtisches und zog ein imposantes schwarzes Bestellbuch mit Goldschnitt heraus, das er durchblätterte, indem er den Zeigefinger an der Zunge befeuchtete.

«Delteil! Joseph oder Gérard? Das muß ich genauer wissen, denn es gibt im Moment mehrere Delteils.»

«Es handelt sich um Joseph ... Ein seltsames Buch.»

Er strich eine Seite mit der flachen Hand glatt.

«Na bitte! André Sloga, 2, rue Jeanne d'Arc... Das ist schnell gemacht: Seine erste Bestellung, per Brief, liegt drei Monate zurück ... Es begann mit ‹Die Trümmer› von Lucien Rebatet, ‹Faschistischer Sozialismus› und ‹Mit Doriot› von Drieu la Rochelle, zweite Auflage von 1943, mit einer Widmung des Autors an den Leiter der Sonderdelegation in Saint-Denis. Dann hat er ‹Bagatellen für ein Massaker› von Louis Ferdinand Céline genommen, und letzten Monat habe ich ihm die Neuauflage von ‹Die Fünf Sinne› von Joseph Delteil geschickt.»

Gabriel bestätigte, daß die Sendung angekommen war.

«Ich danke Ihnen. Werden viele Bücher dieser Art bei Ihnen bestellt?»

Der Dachstubenbuchhändler konnte ein zufriedenes Lächeln nicht unterdrücken.

«Immer öfter, diese Autoren kommen wieder in Mode.»

SERBO-BOSNO-KROATO-SLOWENEN

Eine Kopie des Wächters im weißen Kittel, dem er bekannt war, überprüfte die Besucher, und Gabriel gelangte problemlos durch die Anbauten des Krankenhauses bis zur Bibliothek. Die Kulturkrankenschwester stand auf einer kleinen Trittleiter und staubte mit einem Wedel die Regale ab, die sich unter den aufgestapelten, ermatteten Büchern bogen. Durch ihre Armbewegungen war die Rückseite ihres Kittels hochgerutscht und enthüllte einen großen Teil ihrer braungebrannten Schenkel, die auf einen nicht allzu lange zurückliegenden Urlaub hindeuteten. Er genoß die Zeit, die es dauerte, zwei Meter Regale abzustauben, dann bemerkte sie plötzlich, daß jemand da war. Sie drehte sich um und zog vergeblich am Saum ihres Kittels.

«Guten Tag ...»

Sie blieb auf der Leiter stehen, den Staubwedel zur Decke gerichtet und die Augen auf der gleichen Höhe wie die von Gabriel.

«Guten Tag. Ich kam gerade durch dieses Viertel und habe angehalten, um mich zu erkundigen, ob es Neuigkeiten über André Sloga gibt.»

Sie stützte sich mit einem Ellbogen auf ein Lexikon.

«Es gibt gute Nachrichten beziehungsweise bessere. Er wurde am frühen Nachmittag von der Intensivstation in die Traumatologie verlegt.»
«Haben die Ärzte eine Diagnose gestellt?»
«Soweit ich gehört habe, ist keine der Verletzungen unheilbar. Für sein Alter ist er sehr robust. Er braucht nur Zeit, um sich zu erholen, aber andererseits ...»
Sie machte eine Pause. Gabriel verspürte einen bitteren Geschmack auf der Zunge.
«Andererseits?»
«Was die Folgen des Überfalls für seinen psychischen Zustand betrifft, sind die Prognosen sehr zurückhaltend.»
«Und was heißt das im Klartext?»
«Es gibt viele Beispiele von Unfallopfern, die sich körperlich erholen, aber sich weigern, wieder in die Realität zurückzukehren. Sie flüchten sich in Aphasie, Amnesie und Wahnsinn. Unser Freund hat alle Symptome, die in eine solche Richtung deuten.»
Gabriel schüttelte den Kopf.
«Glauben Sie, es wäre möglich, ihn zu sehen?»
«Ich habe Ihnen nichts gesagt, aber er ist im Galpérine-Flügel im zweiten Stock. Wenn man den Lastenaufzug nimmt, kommt man nicht am Glaskasten der Stationsschwester vorbei ...»
Zum Abschied winkte sie mit dem Staubwedel von ihrer Leiter herab.
Zwei Pfleger von den Antillen stritten sich über den Bürgerkrieg in Jugoslawien. Einer warf den serbischen Bosniern ethnische Säuberungen, Vergewaltigungen und Massenhinrichtungen vor, der andere klagte die bosnischen Serben und kroatischen Slowenen derselben Verbrechen an. Gabriel blieb einen Moment neben einer Ambulanz stehen. Sobald das orale Echo des Konflikts in den Fluren verebbte, stieg er in den Lastenaufzug. Beim

Aussteigen im zweiten Stock stolperte er über Haufen dreckiger Bettwäsche. Um nicht das Gleichgewicht zu verlieren, mußte er sich an einen Feuerlöscher klammern, der glücklicherweise nicht herunterfiel. Fast wäre er an André Sloga vorbeigegangen, ohne ihn zu erkennen. Seine Stirn verschwand unter den Bandagen, die, zusammen mit dem Weiß des Kopfkissens, das Profil und die eingefallenen Augenhöhlen betonten. Der Schriftsteller schlug in dem Moment die Augen auf, als Gabriel schon die Tür zur nächsten Abteilung aufstoßen wollte. Nachdem er sich vergewissert hatte, daß ihn niemand beobachtete, trat er ein und hockte sich zwischen das hohe Bett und den mit Arzneimitteln bedeckten Beistelltisch. Er nahm die rechte Hand des Greises, um seine Aufmerksamkeit zu erwecken.

«Monsieur Sloga, hören Sie mich? Monsieur Sloga … André …»

Nach dem zwanzigsten Versuch antwortete ihm ein verschlafenes Röcheln. Eine Weile später, nachdem er sich niedergebeugt hatte, um sich vor dem professionellen Blick der Stationsschwestern zu verstecken, erhaschte er einige unzusammenhängende Silben. Gabriel richtete sich ein wenig auf und näherte sein Ohr Slogas Lippen. Dabei streichelte er weiterhin die knochige Hand. Die Silben wurden zahlreicher und bildeten jetzt ganze Wörter. «Platz, Lautsprecher, Max» … Die gleichen Wörter, die ihm die Bibliothekarin am Morgen gesagt hatte. Als er gerade dachte, wie unnütz dieser zweite Besuch war, formulierte Sloga einen fast vollständigen Satz.

«Es ist Max, im Lautsprecher, am Platz …»

Als ob die Kraft, die er benötigte, um den Anschein eines grammatikalisch richtigen Satzes zu formulieren, seine letzten Reserven erschöpft hätte, fiel er umgehend in tiefe Apathie. Gabriel legte die rechte Hand des Schriftstellers wieder auf das Laken und ging fort, nachdem er ihm einen letzten Blick zugeworfen hatte.

Der Peugeot stand an der Ecke Rue Jenner und Rue Esquirol, im Viertel der Irrenärzte. Er setzte die Scheibenwischer in Gang, um das dritte Knöllchen dieses Tages auf Pariser Art loszuwerden. Vor Slogas Haus stand ein Polizeiwagen, so daß er für den Moment darauf verzichten mußte, der Wohnung des Schriftstellers einen Besuch abzustatten. Er fuhr langsam zur Metro Nationale zurück und betrachtete in Ruhe die Kirche Notre-Dame de la Gare, die als einzige Kirche der Hauptstadt von einem Eisenbahnarchitekten entworfen worden war. Auf Abbildungen hatte er gesehen, daß die Form des Kirchenschiffes von riesigen Bahnhofshallen inspiriert war. Das Firmenschild eines Papiergeschäfts, das am Platz lag, lenkte seine Aufmerksamkeit von dem Monument ab: «Docutec». Er wühlte in seinen Taschen und zog einen der Briefe heraus, die er aus Slogas Briefkasten gefischt hatte und der eine Rechnung für Fotokopien und Büromaterial in Höhe von hundertsiebenunddreißig Francs enthielt. Seine Erinnerung hatte ihn nicht getäuscht: Der Absender war identisch mit dem Firmenschild. Er stieß die Tür des Geschäftes auf. Eine etwa fünfzehnjährige Aushilfe legte gerade einen Papierstapel auf einen Kopierer. Gabriel faltete die Rechnung auseinander und legte sie auf den Tresen zwischen Präsentationsboxen von Letraset und Pilot-Kulis und dazu noch einen Zweihundertfrancsschein. Sie drückte einen «Bezahlt»-Stempel auf die Rechnung und gab ihm ungeschickt das Wechselgeld zurück. Als er sie darauf hinwies, daß zehn Francs fehlten, wurde sie rot.

«Das war keine Absicht. Ich bin nur für fünfzehn Tage hier, bis die Schule wieder losgeht. Ich habe erst Montag angefangen …»

Er steckte das Geldstück ein und wollte gerade den Fehler machen, den Geschäftsführer rufen zu lassen, um ihn über André Sloga zu befragen, als die Schülerin sich mit der Rechnung in der Hand zu den alphabetisch geordneten Ablagekästen umwandte, die einen Teil der Wand bedeckten. Mit der anderen Hand blieb sie kurz vor der Karte mit dem Buchstaben S hängen und zog dann eine Plastiktüte vom Gallimard-Verlag heraus, die sie ihm lächelnd überreichte.

«Hier bitte, Ihre Arbeit, Monsieur Sloga!»

Gabriel konnte seine Überraschung nicht verbergen. Die Worte kamen ihm zu Hilfe.

«Ich hatte völlig vergessen, daß ich das mitnehmen wollte!»

Schnellstens verließ er das Geschäft und fürchtete bei jedem Schritt, vom Geschäftsführer zurückgerufen zu werden, der gerade aus den Hinterräumen kam. Erst als er im sicheren Schutz des Peugeots saß, warf er einen Blick in die Plastiktüte. Eine Diskette war mit ihrer Plastikhülle auf ein Stück Pappe geklebt, die auf etwa hundert Seiten Papier lag, das mit einem sauber getippten Text beschrieben war. Auf der ersten Seite prangte in fetten Buchstaben der Titel: «Der Mond über den Sümpfen».

YOLANDA IM SUMPF

Gabriel Lecouvreur hatte sich ganz nach hinten in den Speisesaal des Pied de Porc gesetzt, um zu lesen, was anscheinend das letzte Manuskript von André Sloga war. Dazu trank er eine Flasche bernsteinfarbenes Tinchebray, das von einem fernen Nachkommen André Bretons im Departement Orne gebaut wurde. Gérard schlich unaufhörlich um die Kunstlederbank herum, fegte den Boden, wischte die Tische, putzte die Spiegel. Er las einige Worte über Gabriels knochige Schulter, dann suchte er wieder einen neuen Vorwand, um sich in unmittelbarer Nähe aufzuhalten. Als er zum achten Mal vorbeikam, knallte Gabriel das Manuskript entnervt auf die Resopalplatte.

«Kann ich nicht mal fünf Minuten in Ruhe lesen! Was mußt du andauernd um mich herumwuseln?»

Der Patron zog sich einen Stuhl heran.

«Reg dich nicht auf ... Ist das ein Text von dem Typ, von dem heute morgen die Rede war? Der zusammengeschlagen wurde?»

«Genau. Und ich habe den Eindruck, daß das hier eng mit dem Überfall zusammenhängt, dem Sloga zum Opfer gefallen ist.»

Gérard beugte sich vor.

«Ist das Tinchebray gut? Wie findest du es?»

«Es macht einen trockenen Mund.»

«Und sonst?»

Gabriel nahm einen großen Schluck.

«Ich finde, es ist besser als das Mora bianca aus Bonifacio, das du mir letzte Woche serviert hast, aber es erreicht nicht die Fülle des Micheline-Lambic aus Clermont-Ferrand ...»

«Du hast die Korsen schon immer ungerecht behandelt!»

«Das ist freudsch, meine Mutter stammte aus Baraglioli, einem abgelegenen Kaff in der Nähe von Sartène ...»

«Das wundert mich nur halb ... Und was sagt dir, daß das, was du da liest, eine Erklärung für den Überfall auf Sloga liefert?»

Gabriel überflog die letzten Zeilen des unvollendeten Manuskriptes und trank das Bier aus, bevor er antwortete.

«Erinnerst du dich an die Ermordung der Krankenschwester in Fontenay-le-Comte?»

Der Wirt kratzte sich am Kopf.

«Schwach, nur ganz schwach, aber ... Das war doch eine Geschichte, die damals viel Aufsehen erregt hat. Wie lange ist das her? Fünf Jahre?»

«Fast ... Sloga hat sie als Handlungsrahmen für seine Story benutzt, und die Hypothese, die er vorbringt, um den Mord zu erklären, ist ein verdammt guter Hinweis.»

Gérard bat ihn zu warten, ging kurz zur Theke und holte zwei Micheline-Lambic und eine Schale mit gesalzenen Erdnüssen und Pistazienkernen.

«Und wie lautet sie nun, seine Erklärung?»

«Zunächst muß man sich erinnern, daß der Mörder derjenigen, die im Text Yolanda genannt wird, nie gefunden wurde. Die Gendarmen im Poitou haben einen Züchter von wilden Biberratten aus Maillezais verhaftet und eingesperrt, den sie allerdings ein Jahr später wieder freilassen mußten, weil die Anklage sich nicht aufrechterhalten ließ.»

Gérard pickte sich einige Erdnüsse heraus.

«Ich erinnere mich in groben Zügen, aber der Rest ist völlig weg ... Biberratten, jetzt, wo du davon sprichst, fällt es mir wieder ein ... Die werden doch auch Nutria genannt, oder?»

Gabriel ignorierte die Frage und goß das Bier aus Clermont-Ferrand bis zum letzten Tropfen in sein Glas.

«Eigentlich eine ganz einfache Geschichte. Jedenfalls auf

den ersten Blick. Eines Morgens im Oktober entdeckt ein Bauer aus dem Sumpfland, der mit einem Boot zu seinem Feld fährt, in einem Seitenkanal, der nach Bonvix führt, den Körper einer Frau. Dieser Körper wird sehr schnell als der von Yolanda identifiziert ... Nein, das ist nur der Name, den Sloga ihr gibt. Sie hieß eigentlich anders ...»

«Bleib dabei, das ist einfacher.»

«Wird mir schon wieder einfallen ... Yolanda ist die Tochter eines Industriellen aus Fontenay-le-Comte. Sägewerke, Möbelfabriken, Speditionen ... Jemand, der in der ganzen Region zählt und der in seinen Fabriken gut die Hälfte der männlichen Bevölkerung von Maillezais und Bonvix beschäftigt ... Zunächst ging die Polizei davon aus, daß die junge Frau durch Messerstiche in der Herzgegend getötet wurde, und sie verhafteten einen Tagelöhner. Als man ihm das Messer zeigte, das man nach tagelangem Baggern im Sumpf in der Nähe des Tatortes gefunden hatte, gab dieser nahezu schwachsinnige Saufkopf zu, daß es seins war. Und zwar schon bevor der Gerichtsmediziner festgestellt hatte, daß es sich vermutlich um die Tatwaffe handelte ...»

Gérard spuckte die aufgeknackte Pistazie aus.

«Das muß man doch genau wissen! Was soll das? Stellt er nun fest, daß es sich um die Tatwaffe handelt, oder vermutet er es?!»

«Genau ... Auf der Grundlage der Schlußfolgerungen des Gerichtsmediziners, der sich auf der ganzen Linie geirrt hatte, blieb der Landarbeiter elf Monate in Haft. Die arme Yolanda wurde nicht durch die Messerstiche getötet, die ihre Brust tätowierten, sondern schlichtweg erwürgt und erst dann erdolcht ... Post mortem.»

«Und warum?»

«Höchstwahrscheinlich um das Verbrechen einem Vagabunden in die Schuhe zu schieben ... Ein Jahr nach der Tat wurde die Untersuchung einem Richter aus Niort anvertraut, der sich nur einmal gerührt hat. Alles ist bis zum heutigen Tag vertuscht worden, der wirkliche Mörder von Yolanda läuft immer noch frei herum.»

Während Gabriel gesprochen hatte, war es dem Pakistani gelungen, drei Paaren, die im Restaurant saßen, Jasminblüten zu verkaufen. Bevor er ging, steckte er einen kleinen parfümierten Strauß zwischen die Rosen, in eine Vase, die Maria am Ende der Theke aufgestellt hatte. Gérard dankte ihm mit einer Handbewegung und klopfte auf das Manuskript.

«Das ist doch eine ganz klassische Geschichte ... Ländliche Umgebung, stille Wasser, ein unschuldiger Vagabund, die unfähige Justiz ... Ich verstehe, daß ein Schriftsteller sich dafür interessiert, aber ich sehe nicht, warum ein Kommando aus den Sümpfen des Poitou hierherkommen sollte, um Sloga daran zu hindern, einen Roman zu schreiben, der durch die Ermordung der armen Yolanda inspiriert wurde!»

«So ging es mir zu Anfang auch ... Ich lese dir ein kleines Stück vor, und du wirst deine Meinung schnell ändern.»

Gabriel blätterte im Manuskript und hielt bei einem Absatz inne, den er sich bei der ersten Lektüre angestrichen hatte.

«Hör zu:

Sie traten in den Hof des Bauernhauses. Ein schmuddeliges Anwesen mit Hühnerstall, Kaninchenstall, einem Holzstapel und einem Ententeich. Im Gemüsegarten Kohl-Kartoffeln-Lauch, es gab eine Ecke mit einem herrlichen Rosenstock und einer großen aufgeblühten Magnolie. Aber das Haus selbst war häßlich und heruntergekommen, ein uraltes, rissiges Gemäuer, vom Bewohner mit Stroh und gestampfter Erde verputzt, mit notdürftig geflickten Dachrinnen.

Das Innere war öde und stank nach Staub, alter Bettdecke und kalter Asche.

‹Nun, da sind wir!› sagte Fernand. ‹Sie sind noch nie hiergewesen?›

‹Niemals›, sagte Yolanda.

‹Vielleicht sollten wir uns duzen?› schlug Fernand vor.

‹Gern …›

Sie stellte ihre Umhängetasche auf den schweren Küchentisch, öffnete sie und setzte sich auf die Bank, um ihre Instrumente vorzubereiten.

‹Zieh bitte deine Hose runter …›

Fernand drehte sich um. Der Gürtel gab den eingezwängten Bauch frei. Yolanda zog die Unterhose zurück, die den schlaffen, von Krampfadern durchzogenen Hintern bedeckte. Mit einem in Alkohol getauchten Wattebausch rieb sie eine Fläche von der Größe eines Fünffrancstücks frei, in deren Mitte sie das tödliche Gift injizierte. Fernand zuckte nicht mit der Wimper. Er drehte sich um, die Hose immer noch in den Knien, mit erregtem Geschlecht, das auf die Krankenschwester gerichtet war.»

Gabriel legte die Papierblätter nieder.

«Was hältst du davon?»

Der Wirt des «Pied de Porc à la Sainte-Scolasse» befeuchtete sich die Lippen mit dem dicken Schaum des Micheline-Lambic und schnalzte mit der Zunge.

«Ich meine, du hast immer wieder das Talent, in dem Moment aufzuhören, wo es spannend wird …»

«Ganz im Ernst, ich würde gern wissen, was du spannend

findest.»

«Willst du mich verarschen, oder was! Wenn er sich umdreht und Flagge zeigt … Das geht dir doch auch so, oder?»

Sie kannten sich bereits seit über zehn Jahren, und

Gabriel mochte ihn sehr gern. Er war ein treuer Freund, auf den man sich in den schlimmsten Situationen verlassen konnte, aber er war nun gezwungen festzustellen, daß die Dosis an Dummheit, Blödsinn und Gemeinplätzen, die ständig über die Kundschaft ergossen wurde, ihm langsam auf den Wecker ging.

«Tut mir leid, dich zu enttäuschen, aber was mir in dem Abschnitt aufgefallen ist, ist dies hier: ‹Mit einem in Alkohol getauchten Wattebausch rieb sie eine Fläche von der Größe eines Fünffrancstücks frei, in deren Mitte sie das tödliche Gift injizierte.›»

«Für solche Sachen, Sados, Masos, habe ich kein Verständnis ... Im Bett bin ich, genauso wie am Herd, ein unverbesserlicher Traditionalist ...»

Gabriel überflog noch einmal die ersten Seiten des Manuskripts, und Gérard ging in die Küche, um Vlad, den Koch, zu bitten, ihn an der Theke zu vertreten. Er war ein imposanter Rumäne, der ursprünglich aus Cioranu stammte, einem düsteren Kaff an der moldawischen Grenze. Gérard stellte ihn nur selten hinter die Theke, da er immer wild gegen den Alkoholgenuß agitierte und beim Bedienen der Kunden unaufhörlich Bannflüche zwischen seinen schaufelgroßen Zähnen murmelte. Der Wirt setzte sich wieder bei seinem Freund nieder.

«Mach weiter, ich höre ...»

«Das ist doch ganz einfach ... Slogas Buch beginnt mit der Entdeckung von Yolandas Leiche, der Verhaftung des Landstreichers durch die Gendarmen von Bonvix und mit der Beerdigung des Opfers ... Das ist mit äußerster

Präzision geschrieben, ein bäuerliches Drama, ein bißchen in der Art von Maupassant ... Hör mal zu, hier ein paar Zeilen, um Slogas Originalität zu verstehen. Da wird beschrieben, wie ein paar entfernte Verwandte auf dem Friedhof ankommen. ‹Auch die Leute vom Land warfen schiefe Blicke. Das Paar fühlte sich unbehaglich. Die Frau trug eine leichte Jacke mit einem kleinen Pelzkragen aus Nylon, hatte die Hände in den Taschen und wirkte ein wenig verfroren wie jemand, der seit dem frühen Morgen unterwegs war. Neben ihr wirkte der Mann sehr groß, er war glattrasiert, hatte breite Schultern, und sein flacher Bauch steckte in einer Kammgarnhose, die die Farbe von welken Blättern hatte und von der Fahrt ein wenig zerknittert war.› Vier Sätze, und du gehörst schon zur Familie! Das ist doch stark, oder?»

«Jedenfalls ist das die Art von Literatur, die ich mag ...»

«Ich auch. Außerdem ist der Text, soweit ich ihn lesen konnte, in einer Reihe von Rückblenden organisiert. Ganz kurze Einakter, die praktisch alle gleich aufgebaut sind. Sloga stellt eine Person und ihr Umfeld vor, dann bricht Yolanda in ihr Leben ein und treibt sie an ihre äußersten Grenzen. Sie führt sich regelrecht wie eine Brandstifterin auf und läßt nur zu, daß der Brand gelöscht wird, wenn es ihr zum Vorteil gereicht. Ob die Frustration des Partners abgebaut wird, ist ihr egal.»

«Eine richtige Hure!»

«Das wäre zu einfach, die Geschichte ist ja nicht von Robbe-Grillet.»

Gérard beobachtete verstohlen seinen moldawischen Küchenbullen.

«Seine Krimis sind nicht schlecht, Gabriel, ich finde sein Buch ‹Radiergummis› ganz gut.»

Gabriel zuckte nur verächtlich mit den Schultern.

«Wie du sicherlich mitgekriegt hast, übt Yolanda in Bonvix den Beruf einer freien Krankenschwester aus. Sie kennt alle Hintern der Gegend und kann sie blind wiedererkennen. Einige Hintern hat sie auch in Bewegung versetzt: die des Apothekers, der beiden Ärzte, des Tierarztes und den eines Chirurgen aus Fontenay-le-Comte, der seine Wochenenden im Kreis seiner Familie verbrachte. Alle kannten das obere Ende ihrer Beine, und sie hatte den gefestigten Ruf einer Nymphomanin.»

«Das finde ich ziemlich ungerecht, ich sehe da eher eine bemerkenswerte Treue zur Medizinerzunft ...»

Er überging die – wenngleich auch witzige – Anzüglichkeit und fuhr fort.

«Fernand, der dich eben noch so erregt hat, hat wegen dieser Gerüchte versucht, bei ihr zu landen, aber die gute Yolanda hat sich darauf beschränkt, freundlich auf seinen Schwanz zu klopfen, und dann ihre Sachen gepackt. Kurz gesagt, sie schlief nur mit jemandem, wenn sie damit ihre Zwecke verfolgen konnte. In etwa zehn Kapiteln wird beschrieben, wie der tödliche Virus in das Immunsystem von Fernand, der fünf Ärzte und noch anderer gespritzt wird.»

Gérard riß die Augen auf.

«Verdammt noch mal! Jetzt habe ich endlich begriffen, sie hat ihnen Aids gespritzt! Ich verstehe, worauf sie aus war! Und wer von denen hat es als erster bekommen?»

«Das ist das entscheidende Problem. Vielleicht einer von den sechs oder ein Komplott von allen gemeinsam, wie in ‹Zehn kleine Negerlein› von Agatha Christie ... Nur André Sloga kennt die Antwort beziehungsweise kannte die Antwort ... Seitdem er zusammengeschlagen wurde, funktioniert sein Gehirn nicht mehr, und er spricht immer nur ein paar Wörter aus: ‹Max, Lautsprecher, Bank und Platz›! Selbst Columbo würde dabei seine Zigarre

verschlucken ...»

«Gibt es im Manuskript nicht einen, der Max heißt?»

Gabriel hob die Bierflasche schräg hoch. Nur noch ein rötlicher Tropfen fiel ins Glas.

«Du bist ja echt auf Groschenromane abonniert! Ein Vertreter der simpelsten Psychologie, der fertigen Lösungen, und der Kleinhandel jauchzt, schlägt in die Hände und bestellt nach ... Als ob ich das nicht als erstes überprüft hätte! Ich habe alle möglichen Hypothesen aufgestellt. Kein Maxime, kein Maske, Lebanc, Laban, Laplace, Deleplace ... Nichts, keinerlei Hinweise!»

Der Gastwirt zermarterte sich das Gehirn, um sein Gesicht zu wahren.

«Mein Job besteht darin, Speisen zusammenzustellen, Cocktails zu mixen, Geschmacksrichtungen und Farben zu verbinden und für das Auge, die Nase und den Magen zu harmonisieren, nicht zu autopsieren, analysieren und zu sezieren ... Das ist deine Aufgabe! Ich bin ein Vertreter des Natürlichen und nicht des Vorgefertigten ... Aber hier, in deiner Geschichte, gibt es zwei Sachen, die mir auffallen: Erstens, ich frage mich, warum die Kleine sich damit vergnügt, das medizinische Personal der Sümpfe des Poitou auf so schreckliche Weise zu beseitigen, und zweitens, ich verstehe nicht, was eine Tochter aus gutem Hause, deren Vater die halbe Region kontrolliert, dazu bringt, einen so schlichten Beruf wie den einer Krankenschwester auszuüben! Solche Blagen werden doch zumindest Zahnarzt: Wie man hört, ist das ein Beruf, für den man nicht mehr Diplome als im Schlachterladen braucht.»

Gabriel steckte das Manuskript in den Umschlag und legte die Diskette darauf.

«Glückwunsch, ich bin zum gleichen Ergebnis gekommen. Was die erste Frage betrifft, so tippe ich stark auf 54 Rache. Habe den Eindruck, daß Yolanda die Ärzteschaft von Bonvix nach einem ganz genauen Plan eliminiert. Fernand ließ sich die Spritze geben, weil er Probleme mit den Nerven hat, der Apotheker leidet unter Krämpfen, einer der Ärzte hat Asthma, der andere Allergien, der

Tierarzt läßt seine Schuppenflechte behandeln, und der Chirurg muß Morphium nehmen ... Das Motiv der Geschichte ist mir völlig unklar. Aber wenn sie den Beruf einer Krankenschwester von vornherein gewählt hat, um ihren Plan auszuführen, dann kannst du dir vorstellen, unter welchem Druck sie gestanden haben muß! Diejenigen, die sie getötet haben, waren zu allem bereit, um ihr Geheimnis zu wahren. Und ich bin mir sicher, daß Sloga deshalb mit zermatschtem Gehirn in der Pitié-Salpêtrière liegt.»

«Willst du da runterfahren, in die Sümpfe?»

Gabriel stand auf und klemmte sich das Manuskript unter den Arm.

«Ich geh ins Kaufhaus, hol mir einen Satz Anglerstiefel und fahre los!»

KLATSCH UND BIBERRATTEN

Schlag neun Uhr verließ Gabriel die Autoroute Aquitaine und hielt an der Telefonzelle neben der Mautstelle. Die Praktikantin mit dem Terrier hob ab, den Fön in der anderen Hand haltend. Sie sagte ihm, daß Cheryl einkaufen gegangen war. Zu ihren Füßen japste die kleine Bestie, als ob sie einen sechsten Sinn dafür hätte, wer gerade anrief.

«Können Sie ihr bitte ausrichten, daß ich wegfahren mußte und daß ich erst morgen oder übermorgen zurückkomme?»

Er hörte einen kleinen Schrei und dachte zuerst, sie hätte sich verbrannt, weil sie anstelle des Telefonhörers den Fön ans Ohr gehalten hatte, verstand dann aber, daß es sich um einen Protestschrei der Perückenträgerin handelte, die sie gerade in der Mache hatte.

Er folgte etwa zehn Kilometer dem Lauf der Sèvre und fuhr durch verschlafene Dörfer mit niedrigen Häusern. Kleinwüchsige Bauern drehten sich nach dem vorbeifahrenden Peugeot um und versuchten, auf dem Nummernschild den Grund für diesen plötzlichen Überfall zu erkennen. Bonvix erstreckte sich öde an beiden Flußufern. Die Kirche, das Rathaus und die Sparkasse besetzten das Zentrum des großen Dorfes; an einem kleinen Stück Straße, das von einer flachen Brücke unterbrochen wurde, lagen einige Geschäfte. Die Messingschilder von Anwälten, Notaren und Ärzten glänzten im elektrischen Licht der auf alt gemachten Gaslaternen, und die Neonbeleuchtung des Apothekers warf ein kaltes Licht auf reizlose Fassaden. Er fuhr bis zum Ortsende. Die Häuser standen immer weiter auseinander, wurden immer ärmlicher und verhutzelter, bis sie der strohverputzten Hütte von Fernand ähnelten, die Sloga in seinem Manuskript beschrieben hatte. Das Wasser war auf dem niedrigsten Stand; die hölzernen Boote lagen halb auf schlammigem Grund. Der Geruch von modriger alter Erde, fauligen Blättern und stinkigem Brackwasser stieg aus dem Kanal auf und drang durch die geöffneten Autofenster. Als er das Schild des Nutriazüchters sah, glaubte er, kurz den Schatten einer großen Ratte über die Straße huschen zu sehen.

Der von Stechginster gesäumte Parkplatz mündete in kleinen Plattformen, die angelegt waren, damit die Angler trockenen Fußes fischen konnten. Er ging ins Gasthaus. Der Schankraum schien in den Boden gegraben worden zu sein. Ohne die drei massiven Stufen, die nach unten führten, wäre er mit dem Kopf gegen die Deckenbalken aus Eiche geknallt. Die fünfzehn bis zwanzig Personen, hauptsächlich Männer, die sich um die aus Rundhölzern gezimmerte Theke scharten, verstummten und beobachteten für lange Sekunden, wie er den Raum bis zu dem kleinen Schalter durchquerte, der mit einer Tafel mit Zimmerpreisen und dem Schlüsselbrett verziert war. Auch die Wirtin war ein Geschöpf des Sumpfes: Eine Nase wie ein Lurch, schlaffe Haut und Behaarung, Glubschaugen, schwer schnaufend, kurze Glieder … Wortkarg beschrieb sie ihm ein Zimmer, das auf der Seite des Wäldchens lag. Er nahm es, ohne es vorher anzusehen, und setzte sich ohne große Begeisterung hinter eine Terrine mit Süßwasserfischen. Das einheimische Bier, ein Angle Blanche, wurde ohne alles serviert, ohne die abscheuliche, schlecht geschälte Zitrone oder die aufgespießte Olive, die die Kellner in Paris dazutaten. Der traurige Anblick der Terrine erwies sich als trügerisch, die Fadheit der Schleie, der Rotfeder und des Hechtes wurde erfreulicherweise durch aromatische Kräuter ausgeglichen, und beherzt wandte er sich dem darauf folgenden Rührei mit Pfifferlingen zu. Als er eine Stunde später zu seinem Zimmer hinaufstieg, stützten die Gäste immer noch ihre Ellbogen auf die Rundhölzer. Er grüßte, aber niemand reagierte.

Am nächsten Morgen galt sein erster Besuch dem Apotheker. Er ähnelte in nichts dem Bild, das Gabriel sich von ihm gemacht hatte, rachitisch und verschwefelt, die Welt durch eine Brille beobachtend, die auf der äußersten Nasenspitze saß, und sein infiziertes Gerippe zwischen seinen Glaszylindern und Heiltränken umherschleppend. Der Apotheker hatte die Statur eines Schlachters, rosige Wangen und einen offenen Blick, mit

dem er dem Detektiv direkt in die Augen sah, der stotternd nach Aspirin fragte. Der Apotheker stopfte die Schachtel in eine altertümliche Tüte und gab ihm das Wechselgeld zurück. Gabriel machte zwei Schritte Richtung Ausgang und wandte sich dann um.

«Entschuldigen Sie, aber sind Sie schon lange hier?»

Die Lippen des Mannes verzogen sich zu einem ironischen Lächeln.

«Warum fragen Sie das? Interessieren Sie sich für den Laden?»

«Nein, ich verstehe ebensowenig von Immobilien wie von Arzneimitteln. Ich war früher mal Journalist, und ich habe an der Affäre Audiat gearbeitet, diese junge Frau, die man bei einem kleinen Kanal im Sumpf gefunden hat ...»

Die Erwähnung des Verbrechens weckte Mißtrauen.

«Damals ist das hier lang und breit diskutiert worden. Aber jetzt wollen die Leute nichts mehr davon hören. Die Presse hat ihnen arg zugesetzt.»

Gabriel steckte die Tabletten in seine Tasche.

«Das ist einer der Gründe, warum ich meinen Beruf gewechselt habe. Ich war Journalist, das ist schon richtig. Heute überarbeite ich Manuskripte, lese Korrektur. Ich brauche vor allem Ruhe. Ich habe mich an diese Gegend erinnert und mir gesagt, daß es hier am Saisonende ideal sein müßte.»

«Was die Ruhe betrifft, so könnten Sie es nicht besser treffen: Nach dem, was ich an Schlafmitteln und Antidepressiva verkaufe, gibt es im Umkreis von zwanzig Kilometern nicht den leisesten Anschein von Nervenkrisen!»

Gabriel runzelte die Stirn und tat, als ob er nachdenken würde.

«Ich glaube sogar, ich bin damals wegen eines Interviews in diesem Laden gewesen, aber ich kann mich nicht mehr an das Gesicht desjenigen erinnern, der an Ihrem Platz stand ...»

«Das können Sie nur anhand eines Fotos. Ich habe den Laden vor vier Jahren übernommen, da war er schon krank, und vier Monate später ist er gestorben.»

Gabriel beugte sich zu dem Apotheker vor.
«Woran ist er denn gestorben, wenn die Frage nicht indiskret ist?»
«Soweit hier davon gesprochen wird, ist die Rede von Sumpffieber.»

ARZT ODER NICHT ARZT

Gabriel ging an dem Landungssteg entlang, von dem aus die flachen Boote, mit den letzten Touristen der Saison beladen, in die Kanäle des Hinterlands aufbrachen. Männer in mittleren Jahren bekamen für einen Sommer mehr als die Sozialhilfe, indem sie lange Bootshaken in die schlammigen Tiefen stießen. Sie stützten sich auf den Schaft, hielten ihre Körper über dem Wasser im Gleichgewicht, dann schoben sie das Boot mit einem kräftigen Hüftschwung vorwärts. Den einzuschlagenden Kurs behielten sie bei, indem sie den Haken über die Wasseroberfläche gleiten ließen. Die Kinder versuchten an der Böschung Biberratten zu erspähen, die Frauen lachten glücklich, und die Männer klebten mit dem Auge an der Kamera oder am Camcorder und fingen die scharfeingestellte Realität für die Ewigkeit ein. Eine Frau mit einem Lockenkopf und dem Profil eines Schafes versuchte, die Tür der Tierarztpraxis zu öffnen. Gabriel sah einen Moment zu und trat dann näher.
«Kann ich Ihnen helfen?»
Sie drehte sich um, und er stellte fest, daß sie von vorn etwas weniger häßlich als von der Seite war. Sie reichte ihm den Schlüsselbund.
«Ja, das wäre nett ... Ich verstehe das nicht, jedes zweite Mal klappt es nicht ...»
Er sah sich die fast gleich aussehenden Schlüssel an, hockte sich nieder und studierte das Schloß. Dann nahm

er einen anderen Schlüssel als den, mit dem es die Frau versucht hatte, und das Schloß ging problemlos auf. Sie nahm aus ihrer Tasche ein Taschentuch, das in Eau de Cologne getränkt war, drückte es vor Nase und Mund und trat in das Empfangszimmer ein, dessen Wände mit den üblichen Reproduktionen von Katzen, Hunden, Vögeln und Schildkröten geschmückt waren. Eine dicke Staubschicht bedeckte die auf dem Boden liegenden alten Zeitschriften. Ein vielfältiger, widerlicher Gestank, so ähnlich wie bei schlampigen Tierpräparatoren, schien in dichten Lagen im Raum zu stehen. Gabriel, der klugerweise auf der Schwelle stehengeblieben war, trat würgend zurück.

«Das ist ja schrecklich! Wie in einer bestreikten Leichenhalle!»

Die junge Frau mit der Schafstatur hatte mit angehaltenem Atem die beiden Fenster aufgestoßen. Sie trat zu Gabriel auf den Gehsteig heraus, um ihre Kleider zu lüften und ihr Haar auszuschütteln. Sie atmete stoßweise durch ihr Taschentuch. Er klemmte sich die Nase zu.

«Was ist das denn für ein Gestank?»

Sie lächelte gequält, um zu zeigen, daß sie verstanden hatte.

«Der Tierarzt, dessen Nachfolge ich antreten soll, ist vor einem Monat gestorben ...»

«Also, ich finde, man sollte seinen Leichnam fortbringen, sonst stinkt das noch viele Wochen so ...»

Sie mußte unwillkürlich lachen.

«Beruhigen Sie sich, er war im Krankenhaus, als er starb. Das Problem ist, daß er niemanden hatte, der sich um die Praxis kümmerte. Alles ist so geblieben, wie er es verlassen hat. Der Gestank kommt aus der Tiefkühltruhe. Sie ist randvoll mit Tierleichen, die von der Abdeckerei abgeholt werden sollten, und die Elektrizitätswerke mußten unbedingt den Strom abstellen! Ich habe mir schon gedacht, daß es nicht einfach sein würde, mich in Bonvix niederzulassen, aber das hier ist doch ein bißchen viel!»

«Woher kommen Sie?»

«Aus Rueil-Malmaison, einem Vorort von Paris. Ich hatte die Nase voll von Schoßhündchen und Miezekatzen!»

«Das kann ich gut verstehen, meine Frau hat auch mit langhaarigen Tieren zu tun, die ihr immer öfter auf die Nerven gehen.»

«Das ist ja lustig! Sie sind mit einer Tierärztin verheiratet?»

«Nein, mit einer Friseuse.»

Sie lehnte sich gegen seinen Arm und mußte lachen. Er zeigte auf die winzige Terrasse des «Gantua», der einzigen Bar in Bonvix, die gegenüber vom verwaisten Bahnhof lag.

«Darf ich Sie zu einem Kaffee einladen, bis der Gestank sich verzogen hat?»

Sie sah auf die Uhr.

«Ich darf auf keinen Fall die Abdecker versäumen. Sie müßten bald kommen.»

«Wir sehen ja, wenn sie kommen. Von da hinten kann man sie nicht übersehen.»

Sie setzten sich an einen der beiden Tische in der schwachen Morgensonne und bestellten statt Kaffee zwei Angle Blanche, mit Zitronenscheiben verziert, die der Barmann aber glücklicherweise nur an den Glasrand gesteckt hatte. Gabriel hob sein Glas.

«Auf Ihre neue Praxis!»

Sie tauchten die Lippen in den Schaum. Gabriel wußte, daß er sich zurückhalten mußte, bis sie das Gespräch begann.

«Machen Sie hier Ferien?»

«Nein. Dazu brauche ich das Meer, Palmen, Korallen, und zumindest ein bißchen Kreolisch … Ich mache einen Ausflug. Ich arbeite für einen Verlag, ich lektoriere Manuskripte, verbessere die Prosa der Romanciers, feile an Sätzen, gebe Absätzen einen Sinn und zimmere Kapitel zusammen. Man könnte diese Arbeit ‹literarische Restaurierung› nennen.»

«Ich glaube, so etwas würde mir auch Spaß machen.»

Gabriel gab sich leutselig.

«Es ist vor allem frustrierend. Es kommt immer mal wieder vor, daß man sieht, wie ein Typ, dessen Buch man vor dem Schiffbruch bewahrt hat, in einer Talkshow vor Freude rot wird, wenn der Quatschkopf vom Dienst seinen guten Stil lobt! Ich hatte schon künftige Literaturpreisträger in den Händen. Wenn Sie das Original lesen würden, würden Sie glauben, ich übertreibe …»

«Ich habe gar nicht gewußt, daß das so abläuft.»

«Oh, das ist doch in allen Berufen so. Zum Beispiel in Ihrem Bereich, der Medizin … Ein Team arbeitet jahrelang an einem Virus, und wenn man den Impfstoff entdeckt, sagt man nicht, das Team von Professor Machin hat den Impfstoff entdeckt. Auf der Vorschlagsliste für den Nobelpreis steht nur ein Name: Machin, Punkt und Schluß! Übrigens, woran ist denn Ihr Vorgänger gestorben?»

Sie sah ihn amüsiert an.

«Warum fragen Sie das?»

«Aus Vorsicht … Gestern hatte ich leichte Halsschmerzen und bin zum Apotheker gegangen. Er ist auch neu hier … Wie die Leute sagen, ist der vor ihm an Sumpffieber gestorben. Wenn das beim Tierarzt auch der Fall ist, bin ich lieber auf der Hut …»

Sie hob den Arm, um eine zweite Runde Bier zu bestellen, und senkte die Stimme, als der Kellner gegangen war.

«Sie haben recht, beide sind an derselben Krankheit gestorben, aber die hat nichts mit den Sümpfen zu tun ...»

«Sondern?»

Sie beugte sich zu seinem Ohr.

«Aids ...»

«Aids! Das ist ja gemein! Ich habe gehört, daß man es beim Zahnarzt kriegen kann oder durch eine schlecht sterilisierte Nadel bei der Akupunktur ... Und die beiden, haben sie sich die Krankheit bei ihrer Arbeit zugezogen?»

«Nein, eine Verrückte hat ihnen den Virus eingeimpft, vor fünf Jahren. Sie sind nicht die einzigen: Die beiden Ärzte aus Bonvix und der Chirurg aus Niort, der hier im Dorf wohnte, sind auch infiziert. Außerdem ein alter Förster im Ruhestand. Sie haben nicht mehr lange zu leben.»

Ein Aufreißer in grauem Anzug und mit hochhackigen, glänzenden Schuhen, eine Ray-Ban-Sonnenbrille auf der Nase und mit einem Husky an der Leine, grüßte die Tierärztin formvollendet, in der Hoffnung, eingeladen zu werden. Er mußte sich mit einem kurzen Kopfnicken zufriedengeben und entfernte sich, von seinem Schlittenhund gezogen, in Richtung Landungssteg.

«Hat sie mit ihnen geschlafen, um sie anzustecken?»

«Nein ... Sie war Krankenschwester.»

Gabriel hakte nach, um zu sehen, wie weit sich André Slogas Geschichte mit der Realität deckte.

«Wie kann man jemandem Aids übertragen ohne direkte

sexuelle Beziehungen? Haben sie sich alle zusammen einen Schuß gesetzt, ohne die Spritze zu wechseln? Nein, das ist unmöglich, sie waren doch fast alle Ärzte ...»

«Sie alle mußten sich aus dem einen oder anderen Grund Spritzen geben lassen, und die Krankenschwester hat das genutzt und ihre Spritze mit infiziertem Blut gefüllt ...»

«Das ist ja entsetzlich! Sie ist hoffentlich verhaftet worden?»

«Die Polizei konnte sich die Mühe sparen, man hat sie zwei Schritte von hier gefunden, ermordet, mit Messerstichen ... Bis heute weiß keiner, wer sie umgebracht hat, und auch nicht, was sie gegen den Förster und das medizinische Personal von Bonvix hatte.»

«Sie sind ganz schön mutig, diese Stelle hier zu übernehmen!»

«Eigentlich nicht ... Ich habe zwei Abschlüsse, Tierärztin und – Krankenschwester!»

HONORATIOREN UND GALGENVÖGEL

Die Pariser Zeitungen brachten in großer Aufmachung die Meldung von einem neuen Bombenanschlag in den Straßen der Hauptstadt. Dieses Mal hatten die Terroristen ihre mörderische Ladung in einen Supermarkt geworfen, in den Schlachterstand. Gabriel kaufte einen Stapel Zeitungen, dabei fiel sein Blick auf ein Lokalblatt, «Die Stimme des Marais», das auf einem Extratisch für die regionale Presse lag. Die erste Seite beschäftigte sich fast ausschließlich mit der Wiederaufnahme eines Autobahnprojekts, das den örtlichen Naturschutzpark verstümmeln würde, darunter stand, wie die verlogene Pokerpartie stand, die der sozialistische Bürgermeister von Niort mit der sozialistischen Abgeordneten derselben Stadt, Ségolène Royal, spielte. Ein kleiner Kasten unten rechts, der auf den Innenteil verwies, verkündete: «Neuigkeiten in der Affäre Audiat. Valéries Rache.» Er verließ das Zeitungsgeschäft und ging hundert Meter am Ufer entlang, bis zu einem Platz mit vier Bänken, die unter den Platanen standen, welche das Kriegsdenkmal von Bonvix einrahmten. Der Hauptartikel enthielt nur einige eilig verfaßte Zeilen:

«Die Gendarmerie von Bonvix hat kürzlich Besuch von einem etwa sechzigjährigen Mann bekommen, dessen Identität geheimgehalten wird. Dieser Mann, der aus der Umgebung von Maillezais stammen soll, hat den Behörden glaubwürdige Hinweise gegeben, die die Untersuchungen auf ein Verbrechen lenken sollen, das begangen wurde, um einer Reihe von Racheakten ein Ende zu machen, die von der Krankenschester Valérie Audiat begangen wurden, der Tochter des wohlbekannten Industriellen Eugène Audiat. Der Untersuchungsrichter, Pierre Tiercelet, verweigert jeden Kommentar und erinnert daran, daß diese Affäre von Anfang an dadurch geprägt war, daß voreilige Schlüsse gezogen wurden.»

Der Artikel war unterzeichnet mit «Fred Lf». Im Impressum, auf der vorletzten Seite, fand er den vollen Namen: Frédéric Ledœunf. Die Bronzestatue sollte für alle Zeit den kriegerischen Mut des siegreichen Volkes von Poitou dokumentieren, und ihre lorbeergeschmückte Hand wies unfreiwillig in Richtung der Telefonzelle und der öffentlichen Toiletten. Gabriel stieß die Sicherheitsglastür auf und steckte seine Telefonkarte in den Schlitz. Zunächst erkannte er Cheryls Stimme nicht, die ihr distanziertes Hallo in den Hörer rief, das für Terminabsprachen mit Kunden reserviert war. Als sie ihn erkannte, fand ihre

Stimme die gewohnte Wärme wieder.

«Du hättest schon früher mal anrufen können, ich habe die ganze Nacht kein Auge zugetan ... Wo steckst du diesmal? In Tschetschenien, auf Timor oder in Ruanda?»

«Es ist noch schlimmer, als du denkst! In den Sümpfen des Poitou!»

Er beruhigte sie und versprach, innerhalb von zwei Tagen zurück zu sein. Dann wählte er die «Stimme des Marais». Eine Stunde später stellte er den Peugeot auf dem hochgelegenen Parkplatz von Fontenay-le-Comte ab und genoß das historische Stadtzentrum in der Fußgängerzone. Der gewölbte Durchgang, auf den der Journalist ihn hingewiesen hatte, führte auf einen großen Innenhof mit gepflastertem Boden. Die Gebäude sahen wie alte Bauernhöfe aus, und man konnte noch die Ställe, die Scheune und das Wohnhaus erkennen. «Die Stimme des Marais» lag in den ehemaligen Ställen, und ein sorgfältig gemaltes Schild erinnerte die Besucher daran, daß die 1868 gegründete Zeitung früher «Das Echo der Vendée» hieß. Er stieß eine Glastür zwischen zwei hohen Säulen auf und befand sich in einem riesigen Raum, der von einem rechteckigen Fenster trübe erleuchtet wurde. Ein Arbeiter mühte sich mit einer antiken Offsetmaschine ab, rannte vom Einleger zur Papierausgabe, stellte die Walzen nach und regelte unaufhörlich den Druck der Gebläse- und Ansaugdüsen. Die Maschine nahm drei Viertel des Raumes ein. Die Papierstapel, die Paletten mit der fertigen Auflage und die unförmige Masse des Archivs ließen nur wenig Platz für die Redaktion, die in die hellste Ecke verbannt war. Als die Maschine stehenblieb, weil sich ein Bogen verklemmt hatte, nutzte Gabriel die Gelegenheit und trat näher.

«Wo finde ich den Chefredakteur?»

Der Drucker machte eine unbestimmte Geste in Richtung der Papierhaufen. Gabriel ging um die Kartons mit Dokumentationen, Filmschachteln, Druckerschwärze, die Trockenleinen mit den belichteten Platten, die Walzen und die Schwämme herum und sah schließlich den

Journalisten, der nur mit den Zeigefingern einen Artikel in die Tastatur eines nagelneuen Portables hämmerte, der auf einem alten Marmortisch stand. Er hob die Hand, um zu signalisieren, daß er gemerkt hatte, daß jemand da war, und daß er gerade an einer besonders kritischen Stelle saß. Er schrieb einen langen Absatz, klappte den Computer zu und lehnte sich gähnend zurück. Frédéric Ledœunf mußte Ende Sechzig sein und an die hundert Kilo wiegen. Als erstes fiel seine enorme Brille für Kurzsichtige auf, die auf der äußersten Nasenspitze saß, dann, daß er überhaupt keinen Hals zu haben schien. Es sah so aus, als ob die eine Hälfte von einer Reihe von Doppelkinnen verschluckt wurde, während die andere Hälfte zwischen den Schultern versank.

«Sind Sie Frédéric Ledœunf?»

«Von Kindesbeinen an hat man mir beigebracht, auf diese Frage mit ja zu antworten.»

Seine piepsige Stimme bildete einen komischen Gegensatz zu der Lautstärke, mit der er die Worte ausstieß.

«Gabriel Lecouvreur. Ich habe vor einer halben Stunde angerufen.»

«Sie interessieren sich also für die Affäre Audiat? Ich dachte, in Paris kräht kein Hahn mehr danach. Für welche Zeitung arbeiten Sie?»

«Ich bin leider kein Journalist, sondern Privatdetektiv.»

Die Augen hinter dem sie schützenden Kirchenfenster leuchteten auf.

«Deshalb brauchen Sie doch nicht so eine bekümmerte Miene zu machen! Privatdetektiv, das ist der Traum jedes Journalisten, der etwas auf sich hält. Sie werden sagen, daß das in den heutigen Zeiten nicht viele tun, gut, aber das sind die besten! Sie haben also den Auftrag, die Affäre Audiat zu untersuchen?»

«Eigentlich nicht ... Ich habe mich selbst beauftragt ...»

Ledœunf zog ein Gesicht, das die Hälfte seines Doppelkinns verschwinden ließ.

«Ich habe so einen Job noch nie gemacht, aber ich habe eine Menge darüber gelesen, in der Série Noire ... Sie sollten etwas anderes machen: In diesen Geschichten stößt dem Detektiv, wenn er glaubt, eine Mission zu haben, niemals etwas Gutes oder Angenehmes zu ...»

Der Typ gefiel ihm. Gabriel sah auf seine Uhr.

«Normalerweise lebe ich nur von Whisky und Zigaretten, aber ich bin bereit, eine Ausnahme zu machen. Ich habe auf dem Weg hierher ein Restaurant gesehen. Wir könnten dieses Gespräch doch mit einem Teller Spezialitäten der Region fortsetzen, oder?»

«Wie hieß Ihr Restaurant denn?»

«Ich habe nicht darauf geachtet. Die Terrasse lag jedenfalls über dem Lauf der Sèvre.»

«Das einzige, was hier läuft, ist die Vendée. Das ist eine ausgezeichnete Adresse.»

Ledœunf nahm sich die Zeit, seinen Text auf eine Diskette zu kopieren, die er dem Offsetdrucker übergab, bevor sie die Druckerei der «Stimme des Marais» verließen. Das Restaurant, ein roter Backsteinbau, sichtbare Dachbalken, Stilmöbel, hieß seltsamerweise «Ja, aber». Der Wirt erklärte in einem kurzen Vorspann der Speisekarte, daß er auf den Namen gekommen war, als er von seinen Gästen beim Bestellen von Wein oder Verdauungsschnäpsen immer wieder hörte: «Ja, aber ich muß noch

fahren.»

Der Journalist brauchte nicht lange überlegen, er kannte die Speisekarte auswendig. Man brachte ihnen überbakkenen Aal in einer glühendheißen Schüssel, begleitet von einem Bonneseaux, einem Weißwein, den man nicht transportieren konnte und nur im Umkreis von fünfzig Kilometern trank. Völlig in den Genuß versunken, aßen sie schweigend, den Geist im Mund. Ledœunf eröffnete die Kampfhandlungen, indem er mit der Gabel ein kleines Stück Käsekruste aufspießte, das am Innenrand der Schüssel klebte.

«Haben Sie irgendeine Verbindung zur Familie Audiat oder zu einem von denen, die Valérie verarztet hat?»

«Nein, ich bin seit ewigen Zeiten in Paris. Meine Vorfahren väterlicherseits müssen zu Urzeiten eine Höhle am Montmartre bewohnt haben. Ich bin zum erstenmal in den Sümpfen des Poitou.»

Der Journalist genoß den letzten Schluck Wein.

«Heute ist nahezu alles bekannt, was Valérie Audiat dazu gebracht hat, infiziertes Blut in die Arterien ihrer Liebhaber und Kunden zu spritzen. Und es gibt ausreichend überzeugende Erklärungen, warum sie selbst getötet wurde. Ich stehe kurz vor der Vollendung eines detaillierten Artikels, der am Samstag in der ‹Stimme des Marais› erscheinen soll ...»

Gabriel bestellte noch einen halben Bonneseaux für den Journalisten und gönnte sich ein Tsingtao-Bier.

«Können Sie mir etwas daraus erzählen?»

«Ich sehe nichts, was dagegen spräche, aber ich stelle zwei Bedingungen.»

«Sprechen Sie, ich werde sehen, was im Bereich meiner Möglichkeiten liegt.»

«Erstens, auch wenn ich meine, daß niemand diese Infos haben möchte, müssen Sie mir versprechen, daß Sie sie

nicht einem Ihrer Journalistenkumpel zukommen lassen, sobald Sie hier wegfahren ...»

«Sie kennen sich gut genug aus, um zu wissen, daß Kumpel und Journalist zwei Wörter sind, die nicht zusammenpassen.»

Ledœunf zwinkerte mit einem seiner lurchartigen Augenlider.

«Das ist notiert. Zweitens möchte ich, daß Sie mir erklären, was Sie hierher geführt hat, fünf Jahre nach der Erste-Klasse-Beerdigung einer bedeutenden Affäre und drei Tage vor ihrer Auflösung, von der ich, mit meinem extremen Pessimismus, bereits ahne, daß sie von noch tieferem Schweigen der Medien umgeben sein wird. Um ganz ehrlich zu sein, und weil wir kurz vor dem Digestif sind, ich muß Ihnen gestehen, daß ich kein bißchen an Ihre Geschichte vom selbstbeauftragten Detektiv glaube. Sind Sie Millionär?»

Gabriel hob die Augen zum Himmel und seufzte.

«Das ist aber trotzdem die reine Wahrheit. Ich bin nicht auf Gold gebettet, aber ich kann ganz gut von meiner Arbeit leben. Um anzugeben, könnte ich Ihnen erzählen, daß ich ein kleines Privatflugzeug auf dem Flugplatz von Moisselles besitze, aber das wäre vielleicht zuviel, oder?»

«Man muß es immer wieder versuchen ... Was ist das für eine Kiste?»

«Eine Polikarpow I-16 ...»

Ledœunf setzte das Cognacglas ab, das er mit seiner Hand erwärmte.

«So eine wie die, von der Malraux in ‹Die Hoffnung› spricht?»

«Genau so eine! Sie sind einer der wenigen Menschen, die sich daran erinnern. Ich habe meine in Katalonien gekauft, vor einigen Jahren. Die Sowjets hatten sie 1937 an die Republikaner in Spanien verkauft, durch die Vermittlung von France-Navigation, der maritimen Abteilung der Kommunistischen Internationale. Sie gehörte zum vierten Geschwader, dem Mosca 31 ...»

«Darf man denn mit einem Jagdflugzeug rumfliegen?»

«Ja, sobald die Waffen ausgebaut sind. Im Moment restauriere ich sie, Stück für Stück. Wenn ich hier bin, dann aus dem Grund, weil jemand, dessen Arbeit ich sehr schätze, vorgestern brutal zusammengeschlagen wurde, von irgendwelchen Handlangern, und ich habe Grund zu der Annahme, daß sie damit die Veröffentlichung dessen verhindern sollten, was er über die Affäre Audiat herausbekommen hat.»

Der Journalist lehnte sich zurück und trank seinen Schnaps aus. Der Stuhl knackte, da er sich mit seinem vollen Gewicht gegen die Lehne warf.

«Ist er ein Freund von Ihnen? Ist er auch Privatdetektiv?»

«Nein. Er ist das, wovon ich immer geträumt habe: Schriftsteller.»

Ledœunf wäre fast erstickt.

«Sagen Sie nicht, daß Sie von André Sloga sprechen!»

«Sie kennen ihn auch?»

«Und wie ich ihn kenne! Ich kenne praktisch nur ihn! Wir haben vor drei Monaten zusammen an diesem selben Tisch gesessen ... Ich habe nichts über ihn gelesen. Was ist ihm zugestoßen?»

Gabriel erzählte ihm das wenige, was er von dem Überfall in der Rue Jeanne d'Arc wußte, er beschrieb seine Krankenhausbesuche und erfand eine plausible Geschichte, um zu erklären, wieso er das Manuskript «Der Mond über den Sümpfen» lesen konnte. Ledœunf hörte ihm aufmerksam zu und gönnte sich eine mit Zimt parfümierte echte Davidoff.

«Ich möchte Sie nicht entmutigen, aber ich glaube, Sie sind auf dem Holzweg. Ich kenne keinen, der die Gefahr einer Neuauflage der Affäre Audiat so wichtig nehmen würde, daß er einen Schriftsteller in Paris zusammenschlagen ließe ...»

Gabriel unterbrach ihn.

«Das ist doch klar, der Mörder!»

Ledœunf stieß eine karibische Tabakwolke in Richtung Decke.

«Ich kann Ihnen versichern, daß er dazu nicht mehr in der Lage ist!»

«Wie können Sie da so sicher sein?»

«Ganz einfach: weil auch er tot ist!»

Gabriel konnte seine Überraschung nicht verbergen. Das Szenario, das er während der Fahrt auf der Autobahn entworfen hatte, brach vollständig zusammen, und der Weg von Valérie-Yolanda verlief plötzlich im Sand einer Sackgasse. Sein Gast hatte die Ellbogen auf den Tisch gestützt.

«Das ist eine bizarre Gegend, anziehend und abstoßend. Als ich 1973 hierherkam, bekränzt durch meinen Ausflug zur Blüte der Pariser Presse, so nannte man den ‹France-Soir›, da wollte ich das alte ‹Echo der Vendée› in die ‹Entfesselte Vendée› umwandeln! Man ließ mich zwei, drei Monate machen ... Dann waren plötzlich alle Quellen versiegt. Ich hatte nicht einmal mehr Zugang zum Standesamt und zur Kantine!»

Gabriel zückte seine Kreditkarte, um die Rechnung zu bezahlen.

«Und dann?»

«Eigentlich nichts ... Ich habe mich angepaßt. Es genügt zu begreifen, daß man Ihnen hier nur etwas erzählt, wenn man sicher ist, daß Sie es nicht benutzen. Die ganze Presse funktioniert nach diesem Prinzip, das in den Journalistenschulen nicht gelehrt wird: Man nutzt die Naivität der Anfänger aus ... Die Affäre Audiat könnte sehr gut als Grundlage zur Entzifferung dieser Praktiken der unsichtbaren Zensur oder der Selbstzensur dienen ... Als André Sloga mich in der Zeitung besuchte, habe ich nicht mit ihm darüber gesprochen, aber ich bin zutiefst davon überzeugt, daß die Gendarmen, ganz zu Anfang der Untersuchung, den unschuldigen Landstreicher nur verhaftet haben, um Verwirrung zu stiften ... Man mußte den Ausbruch einer Feuersbrunst verhindern und der Öffentlichkeit ein falsches Bild vorgaukeln, damit sie nur in eine bestimmte Richtung dachte!»

«Das wäre plausibel, wenn man Ihre Ségolène Royal in den Sümpfen gefunden hätte. Valéry Audiat rechtfertigte doch nicht eine solche Verschwörung des Schweigens!»

Ledœunf hatte einen Schluckauf, der seine Schultern beben ließ.

«Von Paris aus gesehen, ist ein Typ, der direkt fünfhundert Leute beschäftigt und von dem noch wesentlich mehr abhängig sind, nichts Besonderes. Daß er der Erbe einer der ältesten Familien der Region ist, ändert daran auch nichts. Man ist geneigt, ihn auch dann noch als Mistkäfer zu behandeln, wenn man erwähnt, daß er Vizepräsident der Handelskammer, Vorsitzender des Rotary-Clubs und Stadtrat der wichtigsten Stadt des Marais, nämlich von Bonvix, ist ... Von hier gesehen, ist er eine beträchtliche Macht. Alle Welt ist ihm in irgendeiner Weise verpflichtet: ein Job für den Jüngsten, der nicht richtig spurt, ein Kredit bei der Bank, eine Intervention beim Abgeordneten, beim Finanzamt, ein Vorstoß für eine Baugenehmigung ... Als man von der Ermordung seiner Tochter erfahren hatte, hat der ganze Landstrich begonnen, sich wie auf rohen Eiern zu bewegen, angefangen bei den Gendarmen. Dieses schändliche Verbrechen mußte unbedingt von der alles nährenden Familie ferngehalten werden. Daher die Verhaftung eines Nutriazüchters ... Zu Gerüchten kam es, als die Krankheit nach und nach das gesamte Gesundheitspersonal von

Bonvix befiel, das sich zudem noch dadurch auszeichnete, daß Valérie bei ihnen Hausbesuche machte: der Apotheker, die beiden Ärzte, der Chirurg und der Tierarzt ...»

«Sie vergessen den Förster, den Sloga in seinem Buch Fernand nennt ...»

Der Journalist klopfte mit den Fingerspitzen an seinen Kopf.

«Keine Sorge, ich habe die ganze Geschichte wohlgeordnet hier! In Wirklichkeit heißt er nicht Fernand, sondern Alfred Tourneur. Er war der erste, der an Aids gestorben ist, knapp ein Jahr nach der Ermordung Valérys. Ich habe das Mädel gut gekannt. Vater Audiat schleppte sie überall wie ein Maskottchen herum. Schön wie ein Herz und klug wie ein Fuchs, hat sie auf ihrem Weg alle in ihren Bann gezogen. Man hörte überall, daß sie eine Gelehrte werden und den Nobelpreis bekommen würde, aber mit siebzehn oder achtzehn Jahren wurde alles anders. Sie hat sich in ihren Kopf zurückgezogen und das Studium sausen lassen, um den Scheißjob einer Krankenschwester in dem Bezirk zu übernehmen, der von ihrem Vater kontrolliert wurde!»

Gabriel fühlte, wie sich Erschöpfung auf seine Schultern senkte. Er begann vage zu ahnen, was Ledœunf ihm vorsichtig beibringen wollte, aber er konnte seine Frage nicht zurückhalten.

«Was ist mit ihr geschehen?»

«Der absolute Horror ... Ganz gleich, ob es sich um die Göre eines Prolos aus Aubervilliers oder die Tochter eines Reichen eines der Vendée handelt! Sie wurde vergewaltigt, am Ende einer jener feuchtfröhlichen und zotigen Abendgesellschaften, die die Bourgeoisie auf dem Land so gern hat. Nach meinen Forschungen hat sich das im Park des Hauses von François Cornu abgespielt, dem Chirurgen aus Niort ... Die beiden Ärzte, der Tierarzt und der Apotheker warteten, bis sie dran waren ... Der Förster näherte sich, als er Valérys Schreie hörte. Sie schrie um Hilfe, aber er hat nichts gemacht, aus Feigheit ... Diese Nacht hat ihr Leben verändert, und jede Minute danach war der Rache geweiht.»

Die Aale kamen wieder hoch, und Gabriel trank mit einem Zug sein Tsingtao aus, um die aufsteigende Übelkeit zu unterdrücken.

«Und wer von diesen Schweinen hat sie getötet?»

«Keiner. Diejenigen, die an ihrem vergifteten Blut zugrunde gingen, wußten nicht, wie sie sich den Virus eingefangen hatten. Es ist noch schrecklicher, wenn man nicht sagen kann, woran es gelegen hat. Nein, der Mörder ist woanders zu suchen. Wenn Sie noch fünf Minuten Zeit haben, zeige ich Ihnen im Büro sein Foto.»

ENDE DER FAHNENSTANGE

Als sie die Tür zur Druckerei aufstießen, beendete der Arbeiter auf einer Seitentreppe gerade sein Mahl aus dem Henkelmann. Ledœunf führte Gabriel in ein kleines Büro, das hinter dem Papierlager lag. Er zog einen großen Ordner heraus, in dem alle Nummern der Zeitung seit Jahresanfang abgelegt waren, blätterte sie bis zur ersten Juliwoche durch und legte eine Ausgabe auf einen Papierstapel.

«Das ist er!»

Gabriel beugte sich über das schwarz eingerahmte Foto, das einen großen Teil der ersten Seite einnahm. Man spürte, daß es sich um eine offizielle, gestellte Aufnahme handelte; die etwa sechzigjährige Person, die ins Objektiv blickte, wollte den Eindruck eines energischen und verantwortungsbewußten Mannes erwecken. Gabriel las die fettgedruckte

Überschrift über dem Porträt: «TRAGISCHER TOD DES INDUSTRIELLEN EUGÈNE AUDIAT».

Dann überflog er die ersten Zeilen des von Ledœunf gezeichneten Artikels, in dem alle Ehrentitel des Generaldirektors der Audiat-Werke aufgezählt waren. Der wichtigste Satz war in einem Haufen von Gemeinplätzen versteckt, einem Festival der Zeilenschinderei.

«Monsieur Eugène Audiat hat niemals die Ermordung seiner Tochter Valéry vor fünf Jahren, am 4. Juli 1990, überwunden, und alle, die ihm nahestanden, sehen eine Verbindung zwischen dieser tiefen familiären Verzweiflung und seiner letzten Tat.»

Ledœunf schloß den Ordner mit den gesammelten Zeitungen.

«Er hat seine Tochter getötet, als er erfahren hatte, was sie gemacht hat. Man wird niemals herausbekommen, unter welchen Umständen. Das kann man sich nur vorstellen.»

Gabriel verzog das Gesicht.

«Als André Sloga Sie im Frühjahr besucht hat, haben Sie ihm da dieselbe Geschichte erzählt wie mir?»

«Nur einen Bruchteil davon. Es war nicht nötig: Wochenlang ist er dem kleinsten Hinweis nachgegangen. Er wußte schon fast alles. Wenn ihn jemand hätte zum Schweigen bringen wollen, hätte er es nicht nötig gehabt, ein paar Pariser Schläger zu bezahlen. Hier in den Sümpfen gab es genug Gelegenheiten.»

Gabriel ging zur Tür. Er drehte sich um, als der Drucker die Offsetmaschine anwarf und die Greifer ins Leere schnappten.

«Werden Sie die ganze Geschichte in Ihrer nächsten Ausgabe bringen?»

Ledœunf senkte die Augen hinter seinem Panzerglas und strich mit der flachen Hand über die Stirn.

«Das allerbeste Papier liegt bereit. Aber ich glaube nicht, daß jetzt der richtige Zeitpunkt ist. Ich werde zwei, drei unveröffentlichte Informationen bringen, die Legende vom Sumpffieber aus der Welt schaffen, und spätestens in einem Monat sind die Leute bereit, die ganze Wahrheit zu hören.»

Gabriel wußte, daß das nichts werden würde und daß die Eingeborenen von Bonvix und Umgebung mehr erführen, wenn sie das Buch von Sloga kauften, falls der Schriftsteller es beenden konnte, als wenn sie zehn Jahre «Die Stimme des Marais» abonnierten. Er ging zu seinem Auto auf dem Parkplatz neben der gewölbten Brücke. Das Wasser der Vendée war grau und kündigte ein Unwetter an. Die ersten großen, schweren Tropfen fielen auf die Windschutzscheibe, als er nach Bonvix kam. Er bezahlte seine Rechnung im «Ragondin» und fuhr los, nachdem er sich eine Kassette mit Blues aus der Vendée gekauft hatte, der einzigen lokalen Produktion, die er in dem Tante-Emma-Laden an der Böschung finden konnte. Er erreichte Paris unter Sturzbächen, während er die akkordeonbegleiteten Refrains von Jeaulin le Patoisant hörte:

> «Paßt auf, morgen kommt das Ende der Welt / Ich habe kein Testament in meinem Beutel / Kein Flugzeug reserviert, nicht die Hände gewaschen / Nicht vor der Tür meines Hauses gefegt.»

Ein gelbschwarzes Pannenauto legte mit Unterstützung
 blinkender Absperrungen fünfzehn Kilometer vor der Porte Saint-Cloud zwei der drei Autobahnspuren lahm. Riesige Baufahrzeuge standen auf der vom Verkehr befreiten Straße. Planwagen spuckten eine Armee von Bauarbeitern mit Helmen und Gummistiefeln aus, die die

Landschaft in Besitz nahmen. Er rackerte sich ab, um den Leuchtpfeilen einer automatischen Umleitung zu folgen.

Cheryl kippte ihren alltäglichen halben Kubikmeter an Haaren in einen Müllcontainer mit dem Wappen von Paris, als der Peugeot vor dem kurdischen Restaurant einparkte, das vor kurzem gegenüber ihrem Salon eröffnet hatte. Sie umarmte ihn, ohne ihm den geringsten Vorwurf wegen seiner Eskapade zu machen. Kaum hatten sie die Wohnung betreten, stürzte sie sich auf ein Hühnergerippe, das sie von den verborgensten Fleischstücken befreite, und stellte eine beeindruckende Reihe von Gewürztöpfen auf die Arbeitsplatte.

«Was machst du da?»

«Reis à la Dichter ...»

Er begriff, daß das seine einzige Strafe war.

«Reis à la Dichter? Was tust du da rein, Verse, Versfüße?»

«Du bist ja ganz schlau! Es soll sehr gut sein. Eine Kundin hat mir das Rezept gegeben. Du hast sie schon mal gesehen ... Zaraounia, die Schwester des mauretanischen Filmemachers. Ich flechte alle zwei Wochen ihre Zöpfe ...»

«Zöpfe flechten! Das sagt mir auch nicht, was ich auf meinem Teller finden werde ...»

Cheryl hob die Schultern und schüttete zwei Gläser gewaschenen Basmati-Reis in das Olivenöl. Als die Körner durchsichtig wurden, löschte sie mit sechs Gläsern Wasser ab und fügte einen Bouillonwürfel hinzu. Sie hielt dreimal die Dosen mit Rosmarin, gemischten Kräutern, gemahlenem Knoblauch, Basilikum, Petersilie und Kräutern der Provence über die Kasserolle. Dann rührte sie mit einem hölzernen Kochlöffel um und fügte eine gute Prise Curry hinzu, die das Gemisch verfärbte. Auf der anderen Flamme briet sie das mit Zwiebeln vermischte Hühnerfleisch an, das sie in den Reis warf, als das Wasser nahezu verdampft war. Zwölf Minuten später nahm Gabriel seine erste Gabel mit Reis à la Dichter. Cheryl beobachtete ihn mit besorger Miene.

«Na, wie ist es?»

Er war überrascht, sich antworten zu hören:

«Ausgezeichnet ... Vielleicht fehlt noch eine kleine Prise Salz, aber das ist alles.»

Sie gingen früh zu Bett, und Cheryl, die dran war, legte die Spielregeln für die Nacht fest.

«Ohne Hände!»

DISKETTEN, MINETTEN UND GISQUETTEN

Gabriel faulenzte fast bis elf Uhr im Bett herum und las noch einmal einzelne Abschnitte im Manuskript von Sloga, auf der Suche nach einem verborgenen Sinn. Ledœunfs Erklärungen erlaubten es, jeder Romanfigur einen realen Namen zuzuordnen, aber er entdeckte nichts, was es ihm erlaubt hätte, seine Untersuchungen in Richtung des Sumpfmordes neu aufzunehmen. Er nahm ein Bad in der runden Wanne, die Cheryl nach ihren Vorstellungen inmitten ihrer kleinen Wohnung hatte einbauen lassen. Ein ehemaliger Stukkateur hatte es übernommen, eine flämische Winterszene von Brueghel dem Jüngeren zu reproduzieren, wobei die Menschen allerdings durch das Totemtier der Hausherrin ersetzt wurden, das Känguruh. Gabriel warf seine schmutzige Wäsche in den Wäschekorb, schlüpfte in Jeans und Hemd und setzte sich an den Wohnzimmertisch. Alles, was sich im Zusammenhang mit Sloga angesammelt hatte, wurde auf dem Kinotischtuch mit dem Abbild von Marilyn Monroe ausgebreitet: das Manuskript, die Rechnung

von Docutec, der Brief der Bibliothekarin, der Brief von der Autorengesellschaft, der anonyme Brief, das Buch von Joseph Delteil und die Niederschrift der Worte des Schriftstellers im Krankenhaus: «Max, der Lautsprecher, am Platz». Er zerbrach sich vergeblich den Kopf, um irgendwelche Verbindungen oder Auswege zu finden. Als die Glocke von Saint-Ambroise de Popincourt zwölf Uhr schlug, entschloß er sich aufzugeben. Aber als er alles wieder in die Plastiktüte steckte, fiel die Diskette, die er bei Docutec bekommen hatte, auf den rosa Teppichboden. Er bückte sich und hielt sie wie einen Fächer vor die Nase, schließlich steckte er sie in seine Hemdtasche.
Das Atlantiktief konnte den Pariser Smog nicht vertreiben, und Maria half Vlad, die Tische auf dem Bürgersteig der Avenue Ledru-Rollin für Gäste aufzustellen, die Abgase schätzten. Alle Plätze im Lokal waren besetzt. Gabriel hievte sich auf einen Barhocker neben einen Afrikaner, der in die Börsenkurse der «Libération» vertieft war. Der Wirt servierte ihm gravitätisch ein Kriek Lambic vom Ventoux, das ihm der Vertreter der Kabylischen Warenlager angedreht hatte.
«Koste mal! Es ist noch nicht so gut wie das Bécasse, aber nicht weit weg davon. Wenn sie so weitermachen, werden die Brauer von Carpentras den flämischen Trappisten Konkurrenz machen! Willst du was essen? Heute gibt es Schweinsfüße als Tagesgericht ...»
«Das ist kein Tagesgericht, sondern das alltägliche Gericht!»
«Du bist der einzige, der immer rummeckert, ich stehe

im ‹Coffe› und in den guten Adressen von ‹Signature› ...»
«Du wirst langsam empfindlich! Aber ich beuge mich ... Los, bring mir deinen Fuß ...»
Gabriel stopfte sich mit Schwarte, Gelantine und Knor-

peln voll und ließ, wie üblich, nur einen Knochenrand auf dem Teller liegen. Der alte Léon strich um seine Beine. Er roch sein Stammessen und flüchtete in die hinterste Ecke des Restaurants, wobei er gegen alles stieß, was ihm im Weg stand. Gabriel zog die Diskette heraus und zeigte sie Gérard, der an der Kaffeemaschine hantierte.

«Was für einen Computer hast du?»

«Einen alten Mac ...»

«Kann ich raufgehen und sehen, ob er etwas lesen kann, wenn ich ihm diese Diskette gebe?»

Der Afrikaner hob den Kopf aus seinen Kursen und begann zu lachen. Gabriel ahmte ihn nach.

«Habe ich etwas Komisches gesagt?»

«Ja, Sie haben gesagt Diskette ...»

Der Detektiv runzelte die Stirn.

«Und was ist daran so lustig, wenn ich Diskette sage?»

«Vor allem wenn Sie sagen, daß Sie ihm die Diskette geben wollen ... Bei uns zu Hause, im Senegal, ist eine Diskette nicht Ihr Plastikviereck. Eine Diskette ist das, was sie hier eine Gisquette oder Minette nennen ... Ein hübsches Mädchen, das leicht zu haben ist.»

Gérard zeigte erheitert mit dem Finger nach oben.

«Los, hör auf den Herrn: Bring deine Diskette in den ersten Stock, das wird dir bei der Verdauung helfen!»

Die Wohnung derer von Sainte-Scolasse erinnerte an die Treibhäuser im Botanischen Garten. Maria sorgte sommers wie winters, außer in Küche und Schlafzimmer, für eine konstante Temperatur von vierundzwanzig Grad und eine durchschnittliche Luftfeuchtigkeit von fünfundsiebzig Prozent. Die Wände verschwanden hinter Hibiskusbüschen, Orchideenstauden und Lorbeerrosensträuchern. Der Balkon war von wildem Wein überwuchert, in der Badewanne wurden mexikanische Bifitheen gewässert, Hopfen mit malvenfarbigen Blüten rankte an den Gardinenstangen empor … Der Mac thronte auf einem kleinen Tisch neben dem Ehebett. Gabriel stellte ihn an, und die ersten Noten von «In Rot und Schwarz» von Jeanne Mas begrüßten ihn im Mac-Land. Als er die Diskette einlegte, erschien am oberen Bildschirmrand ein Icon. Er klickte auf die Maus und öffnete das Dossier. Daraufhin erschienen vier weitere Icons:

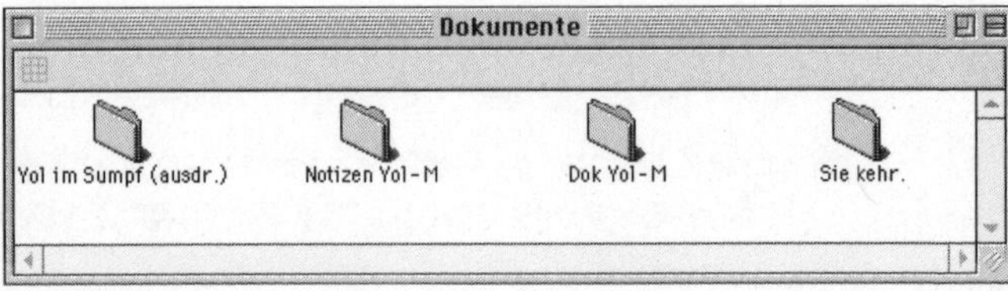

Er blätterte den ersten Text durch, der in jedem Punkt mit dem Manuskript identisch war, das die Verkaufsgehilfin der Docutec ihm ausgehändigt hatte; der zweite Text enthielt eine Zusammenfassung der Gespräche, die Sloga mit den Protagonisten der Affäre Audiat geführt hatte; und im dritten war alles zusammengefaßt, was seit der Entdeckung der Leiche von Valéry-Yolanda zu diesem Thema geschrieben worden war. Er las alles genau durch, ohne jedoch etwas zu finden, was er noch nicht wußte. Verzweifelt klickte er das letzte Icon an. Sobald Titel und Untertitel auf dem Bildschirm auftauchten, wurde ihm klar, daß sich hier ein ernstzunehmender Weg auftat:

«Gefährliche Liebschaften.
Fünfzig Jahre später kehren sie zurück,
die Botschafter des Hasses.»

Die zehn Seiten des Dossiers waren mit keinem Namen gezeichnet. Es handelte sich um eine erschreckende Sammlung von Zitaten, die sorgfältig datiert und mit Referenzen versehen waren. Gabriel las das erste Exzerpt:

«Die Jüdische Feigheit im Élysée. Die Juden in der Sozialistischen Partei (P. S.) innerlich erschüttert über die Kumpaneien am Ende der Amtsperiode von Mitterrand.

Die Feiglinge. Sie hatten geglaubt, daß sein Treffen mit Arafat nur eine der betrüblichen Episoden war, an die sie sich aufgrund des fortgeschrittenen Alters ihres Chefs gewöhnen mußten. Sie haben somit voller Schmerz geschwiegen. Und die jüdischen Memmen von der Regierung sagen natürlich nichts. In diesen Jahren der Gleichschaltung, der europäischen Turbulenzen und des europäisch-arabischen Dialogs ist es nicht einfach, Jude in der P. S. zu sein. Attali ist ein großer jüdischer Schriftsteller, in seinem letzten Roman zitiert er das Buch der Schöpfung und verwechselt dabei hebräische Esoterik mit einer knappen Erzählung, aber trotzdem treibt seine intellektuelle Identität ihn nicht dahin, die schlappen Vorstöße Mitterands zu berichtigen, und sei es auch nur, um sein Bild als beherzter Chasside zu bewahren. Stirn, Fabius und die anderen (Lang!) erst recht nicht. *Fureur Continentale, Nr. 26, 8. November 1989*»

Er überging schnell ein Dutzend ekelerregender Sätze, die aus «Unsere Freunde, die Sänger» (Band eins und zwei) stammten, und hielt nur bei einem Artikelanfang inne, der sich mit Patrick Bruel beschäftigte und in dem enthüllt wurde, daß der Sänger mit der gebrochenen Stimme als Benguigui zur Welt gekommen sei, was es dem Autor erlaubte, ihn nur als den Sänger mit den drei

«i» zu bezeichnen, einen Vokal für Patrick und zwei für Benguigui. Gabriel erinnerte sich, daß Le Pen das ausgeschlachtet hatte. Die dritte Stelle mit Unrat stammte aus «La Guerre sociale» vom Juni 1979 und hatte den Titel «Wer der Jude ist»:

«Die Legende von den ‹Gaskammern› wurde vom Nürnberger Tribunal in die Welt gesetzt, auf dem die Nazis von ihren Bezwingern verurteilt wurden. Ihre erste Funktion besteht darin, es dem stalinistisch-demokratischen Lager zu ermöglichen, sich absolut von dem der Nazis und ihrer Verbündeten zu unterscheiden. Der Antifaschismus und der Antinazismus haben es ihnen ermöglicht, ihre eigenen Kriegsverbrechen und in der Folge noch weitere Schandtaten zu rechtfertigen.»

Die Unverschämtheit erreichte mit der folgenden Passage aus «L'Imbécile de Paris», Nr. 5, Dezember 1991, einen weiteren Höhepunkt:

«Indem sie die Lobpreisung des Übermenschen durch die des Untermenschen ersetzt haben, indem sie sich eher an den Behinderten als an den Ariern als Modell für den künftigen Menschen orientierten, indem sie ein entwürdigendes Überleben an die Stelle einer zynischen Eliminierung gesetzt haben, indem sie die ‹Endlösung› durch eine natalistische Ideologie ersetzten, haben sie ganz analoge Wirkungen erzielt: die Hölle der von Geburt an Behinderten, die zum Leben verdammt sind, die Therapiebesessenheit und die Marterung der Sterbenden, die Überbevölkerung in der Dritten Welt, all das heißt Hunger und Völkermord.»

Gabriel schloß das Icon und ließ sich das Dossier «Sie kehr.» ausdrucken. Er hatte einen bitteren Geschmack auf der Zunge und schnappte sich die erste beste Flasche aus der Bar unter dem Fernseher, setzte sie direkt an den Mund und nahm einen großen, zugleich bitteren und süßen Schluck Wein, den er sogleich wieder ausspuckte, als er feststellte, daß er umgekippt war. Auch der Drukker gab Zeichen in «Rot und Schwarz», um anzuzeigen, daß er seine Mission erfüllt hatte. Er stieß die Blätter auf der Tischkante auf und las nur die letzten Zeilen, die aus der Wochenzeitschrift «Minute – la France», Nr. 1595, vom November 1992 stammten:

> «Laurent Fabius ist ein Monster und, ich meine, als solches sollte er zur Schau gestellt werden. Als Kleinkind, er wurde von provinziellen Kindermädchen aufgezogen, mit denen seine linken Eltern nur sehr kurz angebunden redeten, hat Laurent niemals in der Kindersprache gesprochen: ‹Pipi, A-a, Heia›. Laurent hat niemals ‹Rabäh› gesagt. Das erste klar formulierte Wort des Kleinkinds war ‹Dollars!›, diese linke Bazille, ein Mund wie ein Hühnerarsch, dieser schmierige Plagiator ...»

Er erinnerte sich an ein Buch von André Sloga, das nach dem Krieg niemand haben wollte und das der Verleger Paul Draflos in einer ökonomischen Selbstmordaktion auf dem Höhepunkt der linken Bewegung in den sechziger Jahren herausgebracht hatte. Der Roman hatte den Titel «La Remise» und erzählte die Geschichte einer kommunistischen Widerstandsgruppe in den Pyrenäen, die zum größten Teil aus republikanischen Spaniern bestand und sich 1944 geweigert hatte, die Waffen niederzulegen. Diese Männer wollten die Bürgermeister und Polizisten zur Verantwortung ziehen, die den Nazis Schützenhilfe geleistet hatten. Sie meinten auch, daß der Sieg erst mit dem Sturz der iberischen Diktaturen von Franco und Salazar vollständig wäre. Ihr romanesker Traum wurde schließlich von den vereinten Kräften der neuen französischen Ordnung in Blut erstickt.

Gabriel wußte, daß Sloga sich nach seiner Zeit bei den Internationalen Brigaden der Résistance in Yonne angeschlossen hatte. Gabriel konnte sich sehr gut vorstellen,

85

wie er gezögert haben mußte, seine MP bei den sich der neuen Ordnung anpassenden Chefs abzugeben. Es war jedenfalls klar, daß er fünfzig Jahre danach erneut in den Widerstand gegangen war. Mit einem Mac und reichlich Munition auf Disketten.

PEDRO UND DIE LINKEN NAZIS

Pedro Ferrer wohnte am Quai Sisley in Villeneuve-la-Garenne auf einem alten Lastkahn, der hundert Meter aufs Land geschleppt worden war, direkt neben der Van-Praët-Werft. Der stählerne Rumpf steckte im schwarzen Boden des Pariser Beckens, und aus den Bullaugen konnte man die Geheimnisse des pflanzlichen Lebens beobachten. Wurzeln, Würmer und verschiedene Insekten. Pedro hatte nach und nach auf beiden Seiten des Schiffes weitere Zimmer angebaut, und man war erstaunt, wenn man zum erstenmal in das Labyrinth der Anbauten eintauchte und dann in den riesigen Laderaum kam. Dort hatte er seine Gravur-Werkstatt untergebracht. Zur großen Zeit der nationalen Befreiungsbewegungen und der Entkolonisierung hatten hier falsche Papiere zu Dutzenden ein offizielles Outfit bekommen. Seitdem das Nationale wichtiger als die Befreiung geworden war, hatte sich die Produktion stark verringert. Mißtrauisch geworden, arbeitete er nur noch über die Vermittlung von drei oder vier vertrauenswürdigen Freunden. Und Gabriel war einer von ihnen.

«Was bastelst du gerade?»

Pedro hob sein Feuerzeug an den Stummel seiner Boyard maïs und stieß eine dicke Wolke aus. Er konnte sich rühmen, der letzte Raucher dieser Zigarettensorte auf der ganzen Welt zu sein. Als die staatliche Zigarettenfabrik vor einigen Jahren beschlossen hatte, die Herstellung ihrer fürchterlichsten auf die Lungenflügel gerichteten Rakete einzustellen, hatte Pedro sich schleunigst eine ganze Palette davon gekauft, die er in einem luftdichten und feuchten Raum neben der Schraubenwelle eingelagert hatte. Wenn er zwölf Kippen am Tag rauchte, würde er damit nach seinen Berechnungen bis zu seinem siebzigsten Geburtstag im Jahr 2000 hinkommen. Er legte einen weißen Bogen über die auf dem Tisch verstreuten Papiere.

«Ich mache ein paar alberne Kleinigkeiten, damit ich nicht aus der Übung komme ...»

«Wenn das nur Kleinigkeiten sind, warum deckst du es dann zu? Hast du kein Vertrauen mehr?»

«Das ist zwar nicht in allen Bereichen so, aber hier gilt, je weniger man weiß, desto besser. Weshalb bist du gekommen?»

Gabriel erklärte ihm, was Sloga zugestoßen war und daß er nach seinem Ausflug zu den Biberratten im Poitou nun glaubte, daß der Überfall auf den Schriftsteller mit dessen Forschungen über die Renaissance faschistischen Denkens zusammenhing. Er hatte seinen Ekel überwunden und sich die Zeit genommen, mehrere Male den Text durchzulesen, den Sloga auf der Grundlage von etwa hundert Zitaten zu einem regelrechten Lexikon von verrottetem Gedankengut gemacht hatte. Dann hatte er versucht, die Zitate nach ihren Hauptthemen zu ordnen. Ganz oben standen Antisemitismus und Revisionismus, dicht gefolgt von einem tiefverwurzelten Haß auf die Sozialdemokratie, danach dann die Verteufelung des Großen Amerikanischen Satans und schließlich die Heiligung aller Nationalismen. Die Zitate stammten aus etwa dreißig Publikationen. Die meisten Fundstücke kamen aus «Fureur Continentale» und «Le Choc du Mois», intellektuelle Monatsschriften der Front National, aber ihm war auch noch eine Reihe anderer Zeitschriften aufgefallen: «National-Hebdo», «Minute», «Éléments», «Krisis», «l'Humanité», «La Guerre sociale», «Lutte de Peuple», «Révolution» und ein internes Bulletin der Anarchistischen Föderation.

Pedro setzte sich in einen Sessel, der dem von Sylvia Krystel in Emmanuelle ähnelte, allerdings mit dem Unterschied, daß dahinter ein Porträt von Puig Antich hing, einem der letzten Opfer von Franco. Er las in aller Ruhe, eine Stunde lang, durch seine Halbbrille, dann legte er die zehn Seiten mit angewiderter Miene weg. Gabriel setzte sich ihm gegenüber.

«Was hältst du davon?»

«Gar nichts ... Ich habe den Eindruck, daß die Geschichte sich wiederholt und daß alle diese Arschlöcher den kalten Kaffee aus den dreißiger Jahren aufwärmen! Das Ding über Fabius zum Beispiel, das dein Kumpel in ‹Minute› gefunden hat, das jüdische Kleinkind, das nur an Dollars denkt, das ist Léon Daudet, wie er leibt und lebt ... Der Typ, der das geschrieben hat, hat sich nicht gerade ein Bein ausgerissen, ich bin sicher, daß er die Formulierung ‹ein Mund wie ein Hühnerarsch, dieser schmierige Plagiator› in alten Nazi-Pamphleten gefunden hat!»

«Das mag ich so an dir, du redest nicht groß um den Brei herum!»

Pedro schlug mit der Faust auf den Tisch, daß die Fälscherwerkzeuge in die Höhe sprangen.

«Und du glaubst, daß man Hyänen mit einer Leimrute

fängt! Ich scheiße auf politische Korrektheit genauso wie auf meine erste Verhaftung! Es ist kein Platz für die ewig Gestrigen. Man muß sie bis zum letzten Mann vernichten. Und zwar nicht im Namen der Wahrheit oder der Vernunft! Das sagt einem der schlichte und archaische

Überlebenstrieb. Sie haben gezeigt, zu was sie fähig sind, und wenn man zuläßt, daß sie sich häuslich einrichten, werden sie sich nicht mit einer Ecke des Tisches zufriedengeben.»

Gabriel hörte sich den Wutausbruch grinsend an.

«Ich habe den Eindruck, das tut dir gut! Ich weiß schon seit langem, daß ich mich auf deine Einschätzungen verlassen kann, Pedro, aber diesmal brauche ich einen klaren, sauberen und genauen Hinweis zu diesem Misthaufen.»

Pedro gab seiner Boyard wieder Feuer.

«Wenn du deine Ohren aufsperren und besser zuhören würdest, hättest du gemerkt, daß ich das zum Teil schon beantwortet habe! Ich hab dir doch gesagt, daß die den kalten Kaffee aus den dreißiger Jahren wieder aufwärmen, oder?»

Gabriel runzelte die Stirn.

«Ja. Und?»

«Verdammt, das ist doch nicht wahr! Man bringt den jungen Leuten bei, welche Farben die Uniformen der Soldaten von Franz I. in der Schlacht bei Marignano im Jahre 1515 hatten, aber sie wissen nicht, was dreißig Jahre vor ihrer Geburt passiert ist! Was mich bei deiner Zitatsammlung wirklich beunruhigt, ist die offensichtliche Mischung von Themen und Texten der Rechtsradikalen und der Kommunisten. Du kennst mich gut genug, um zu wissen, daß ich alle Arten von Kommunisten zum Kotzen finde, ob sie nun Stalinisten, Trotzkisten, Marxisten, Leninisten, Carillos, Maos, Guevaras oder Jívaros sind! Aber trotzdem haben mich Kronstadt, Machnow und Katalonien nicht vergessen lassen, daß alle zusammen Brennstoff für die Krematorien der Faschisten sind! Weil sie Juden, Araber, Schwarze, Anarchos, Behinderte, Homos oder alles zusammen sind, so wie du!»

«Darauf habe ich schon gewartet, das mußte ja kommen!»

«Es ist vielleicht zu einfach, aber es macht Spaß! Nun mal im Ernst, es gibt nichts Gefährlicheres als ein Bündnis zwischen Faschos und Kommunisten! Das ist wie Nitro und Glyzerin. In zwei getrennten Flaschen hast du nichts zu befürchten, aber wenn du sie vermischst, fliegt dir alles in die Fresse! Die Nummer zwei der Kommunistischen Partei Frankreichs, Jacques Doriot, Bürgermeister von Saint-Denis, hat Ende der dreißiger Jahre den großen Sprung gemacht, aber glücklicherweise hat ihn seine Partei rausgeschmissen. Er ist als SS-Mann gestorben. Stell dir mal vor, wenn er sich durchgesetzt hätte, wenn er den Platz von Thorez eingenommen hätte ...»

Gabriel nahm sich einen Stahlstichel und reinigte sich damit die Fingernägel.

«Soweit ist es ja noch nicht.»

Pedro nahm ihm das Werkzeug aus der Hand.

«Sag das mal den Leuten in Toulon, Orange, Marignane, Dreux oder Clichy-sous-Bois. Die Horde von Le Pen ist zur ersten Arbeiterpartei Frankreichs geworden! Selbst in Drancy liegt sie weit vorn, in der Stadt, wo ein ehemaliger Sozialist, Laval, siebzigtausend Juden deportieren ließ, die von unseren lieben Ordnungskräften eingesammelt wurden! Ich scheiße auf all die stummen Einwohner von Drancy, die ihr Gedächtnis im Arsch haben!»

Er erhob sich mit einem Ruck, daß das Weidengeflecht erbebte, und stellte sich vor die Bücherwand, die in der ehemaligen Wohnkabine des Schiffers untergebracht war.

«Warte mal, ich weiß genau, an was mich diese Scheiße, die du mir mitgebracht hast, erinnert! Es muß in dieser Ecke stehen ...»

Seine Hand strich über eine Reihe von Büchern und Heften. Dann zog er vorsichtig eine Broschüre mit braunem Umschlag heraus, deren vergilbte Seiten schon fast herausfielen, und pustete den Staub weg. Gabriel konnte gerade noch den Titel «Schwarze Front» lesen, bevor Pedro das Heft auf den Tisch legte und das Titelblatt aufschlug, das mit einem längeren Zitat von Adolf Hitler geschmückt war:

«Übrigens gibt es mehr Verbindendes als Trennendes zwischen uns und dem Bolschewismus. Vor allem die echte, revolutionäre Gesinnung ... Aus den kleinbürgerlichen Sozialdemokraten und Gewerkschaftsbonzen wird nie ein Nationalist, aus Kommunisten immer.»

Gabriel las den Text mehrere Male.

«Er gehört nicht zu meinen Lieblingsautoren, ganz im Gegenteil, aber ich habe keinen Zweifel, daß er so gedacht hat ... Man stellt ihn immer als einen geisteskranken Irren dar ...»

Pedro blätterte in dem Büchlein, und ganze Abschnitte fielen ihm wieder ein. Es genügte ihm, die dreißiger Jahre durch die neunziger Jahre zu ersetzen, um festzustellen, daß die Strategie der Vereinigung von Rot und Braun immer noch funktionierte.

«Es sind so viele Dinge in dieser Richtung geschehen ... Hast du jemals etwas von den Strasser-Brüdern gehört, den linken Nazis?»

«Nein, ich muß sagen, selbst der Begriff eines linken Nazis ist mir ganz neu!»

«Das sind zwei Brüder, Otto und Gregor, die seit Mitte der zwanziger Jahre die Nazipartei in Norddeutschland, in Preußen, Sachsen, im Rheinland und in Hannover organisiert haben. Das war keine Kleinigkeit... Ihr Mann für alles hieß Goebbels... Gregor Strasser wurde schnell zur Nummer zwei der Nazipartei und war Führer der Hitlerschen Abgeordneten im Reichstag. Er versuchte, eine antikapitalistische Linie durchzusetzen, mit einem Programm zur Konfiszierung des Besitzes der alten Adelsfamilien, zur Verstaatlichung der Großindustrie und der Banken und zur Enteignung von Holdings. Er machte gemeinsame Sache mit den roten Eisenbahner- und Metallarbeiter-Gewerkschaften und drohte Hitler mit dem Ausschluß ... 1934, als seine eigene Partei an die Macht gekommen war, versuchte er eine Annäherung an die drei Millionen Männer von der SA des Ernst Röhm ... Göring ließ sie alle im Juni desselben Jahres in der ‹Nacht der Langen Messer› ermorden. Otto konnte seinen Mördern entkommen. Er flüchtete nach Österreich, in die Tschechoslowakei und schließlich nach Kanada. Anfang der sechziger Jahre hatte er ein Comeback in Berlin, wo er eine national-bolschewistische Partei gründete, die «Deutsch-Soziale Union», aber er war anscheinend zu früh gekommen: Er machte eine Bauchlandung.»

Pedro reichte ihm die Broschüre.

«Soll ich sie dir leihen?»

«Danke, ich werde sie heute abend lesen, wenn ich ‹Bitte melde dich› sehe.»

«Ich sehe da keinen Zusammenhang.»

«Ich auch nicht!»

EIN RUSSISCHER DICHTER LIEBT SERBISCHE PSYCHOPATHEN

Das Unwetter brach los, als Gabriel um den Bug des Lastkahns herumging, auf dem noch der Taufname «Carmela» stand, und die selbstgebastelte Tür zu Pedros Gemüsegarten aufstieß. Die Seine nahm sofort die graue Farbe der endlosen Magazine des Kaufhauses Printemps an. Ähnlich dicke Tropfen wie die, die ihn bei seiner Rückkehr aus Bonvix gereinigt hatten, explodierten auf dem ausgetrockneten Boden, über der Ile-Saint-

Denis zuckten am dunklen Himmel Blitze in alle Richtungen. Gabriel zog die Jacke über den Kopf und rannte zu seinem Peugeot, der vor den geschlossenen Toren einer Vorstadtkneipe stand. In einem Heft, das im Handschuhfach lag, hatte er die Adressen mit Telefon- und Faxnummern aller Presseorgane notiert, die André Sloga benutzt hatte. Er stellte fest, daß eine der am häufigsten zitierten Zeitungen, «Fureur Continentale», lange Zeit in Gennevilliers in den Räumlichkeiten des Gaston Lemoine Verlags residiert hatte. Nachdem er die beiden Flußarme überquert hatte, folgte er der Flußschleife bis zum Rathausplatz, der von einem der zahlreichen mißratenen Schüler Fernand Légers mit einem Brunnen verziert worden war.

Der Verlag lag in einem Industriegebiet direkt neben der Autobahn A86. Paletten mit Druckerzeugnissen, die mit Plastikbändern zusammengehalten wurden, warteten darauf, auf einen Lastwagen geladen zu werden. Gabriel beugte sich über die frischbedruckten Bögen. Der quadratische, achtfach gedruckte Umschlag einer «Geschichte der Miliz» lag für den Buchbinder bereit. Die Abbildung zeigte das Plakat für den ersten Kongreß dieser französischen faschistischen Bewegung, eine Faust, die ein Schwert hielt, das auf einem Hintergrund mit freiem Land und Fabriken in einen rot-schwarzen Himmel gestreckt wurde, der wie das Abzeichen der Miliz gestreift war. Wie er verblüfft feststellte, sah er genauso aus wie die kleine rote Schleife der Anti-Aids-Kampagne. Als er begann, den Klappentext zu lesen, ließ
 ihn eine Stimme zusammenfahren.

«Suchen Sie was?»

Er richtete sich auf und sah einen etwa dreißigjährigen, fettleibigen Skin in sportlicher Haltung, der Drillichhosen und ein Tarnhemd trug und in Springerstiefeln

steckte. Seine Hände waren mit Druckerfarbe beschmiert. Gabriel zeigte auf das Lagerhaus.
«Sind dort die Büros?»
«Nein, hier ist nur die Druckerei. Man muß hinten herum gehen ...»
Bevor er losging, legte Gabriel die Hand auf den Stapel mit den Miliz-Umschlägen.
«Das muß schnell in die Buchhandlungen! Die dreschen derartig auf uns ein, daß man es ihnen endlich mal heimzahlen möchte ...»
Ein breites Lächeln zog über das runde Gesicht des Skins.

Auf den ersten Blick wirkte der Empfangsraum des Gaston Lemoine Verlags ganz normal: unpersönliche Ausstattung, Standardmöbel, spärliches Licht, der Geruch von Kopiergeräten. Wenn einen in den plastikbezogenen Sesseln die Lust überkam, sich die haufenweise auf einem chinesischen Tischchen liegenden Zeitschriften anzusehen, suchte man allerdings vergeblich nach den üblichen Ausgaben wie «Paris-Match», «Marie-Claire» oder «Figaro». Wenn man allerdings auf die Heldentaten diverser deutscher, japanischer, kroatischer oder rumänischer Armeekorps zwischen 1939 und 1944 scharf war, konnte einem das Herz schon höher schlagen. Und es war Gabriel klar, daß alle Kunden des Unternehmens zur zweiten Kategorie gehörten. Er blätterte in einer Nummer der «Neuen Solidarität», des Zentralorgans der Europäischen Arbeiterpartei, in der einer der Leiter des Gaston Lemoine Verlags, ein gewisser Victor Brignard, in einem langen Interview keinen Hehl daraus machte, daß er Mitglied dieses antisemitischen Grüppchens war. Die Empfangsdame bot schon eine ganze Weile alle Kräfte auf, die Rolle mit dem Faxpapier auszuwechseln, indem sie es verkehrt herum einlegte. Gabriel ging um ihren Schreibtisch herum und half ihr. Die Maschine klickte vor lauter Begeisterung.

«Vielen Dank, ich dachte schon, das würde niemals klappen. Haben Sie einen Termin?»

«Nein, aber ich möchte zu Monsieur Gaston Lemoine …»

«Das könnte ziemlich schwierig werden, er ist nämlich schon seit einem halben Jahrhundert tot. Wenn Sie mir sagen, was Sie hierher geführt hat, kann ich Sie vielleicht zur zuständigen Abteilung schicken.»

Gabriel senkte die Stimme.

«Das ist äußerst vertraulich.»

Sie setzte eine verschwörerische, mütterliche Miene auf.

«Beruhigen Sie sich, es ist kein Zufall, daß ich diese Stelle habe. Ich bin die direkte Mitarbeiterin von Monsieur Brignard, dem Direktor, und alle Druckaufträge gehen zwangsläufig über meinen Schreibtisch.»

Gabriel tat so, als ob er seinen ganzen Mut zusammennehmen müßte.

«Nun gut. Mein Vater ist vor kurzem gestorben, und ich habe zahlreiche Familienpapiere geerbt. Fotoalben, Sammlungen von Postkarten, Briefbündel …»

Er bemerkte, daß sie begann, ungeduldig zu werden.

«Er hatte auch viele Dokumente aus der Besatzungszeit. Dossiers, die von meinem Großvater angelegt wurden, Notizbücher mit Unmengen von unveröffentlichten Informationen … Ich habe nur ein bißchen Ordnung in diesen ganzen Wust gebracht, aber ich glaube, da ist einiges, aus dem man ein explosives Buch machen könnte …»

Die Aufmerksamkeit der Assistentin von Brignard war jetzt auf dem Höhepunkt.

«Welche Art von Dossiers, was für Informationen?»
«Großvater war Archivar in der Präfektur Rhône, in Lyon, und soweit ich etwas davon verstehe, hat er Durchschläge von allen Dokumenten aufgehoben, die sich auf die Miliz und die Franc-Garde beziehen.»
Sie reichte ihn schleunigst an einen Kleinbürger weiter, der aussah wie ein Frettchen und sich als literarischer Direktor des Gaston Lemoine Verlags vorstellte. Gabriel spielte seine Komödie als Enkel, der dem Familienerbe die Treue bewahren wollte, weiter und versprach, am nächsten Tag mit einigen Proben der Dokumente aus Lyon wiederzukommen. Bevor es ihn gehen ließ, wollte das Frettchen wissen, auf welchem Wege er von dem ideologischen Kampf erfahren hatte, den das Unternehmen führte.
«Ich hatte lange den ‹Fureur Continentale› abonniert, und ich wußte, daß er bei Ihnen gedruckt wurde ...»
Zutraulich geworden und begierig, seinem Unternehmen die Erbschaft zu sichern, öffnete das Frettchen sein Herz.
«Unsere Rolle ist nicht nur darauf beschränkt ... Von der Zeitung gehörte uns fast die Hälfte. Genau gesagt, achtundvierzig Prozent. Unser Direktor, Victor Brignard, hat sogar mehrere Jahre die Verlagsgesellschaft verwaltet ... Wir hätten großartige Sachen machen können, wenn der Gründer von ‹Fureur Continentale›, Kevin Kervan, nicht plötzlich verrückt und blind geworden wäre ... Es bringt ja nichts, wenn man Etappen überspringen will ...»
Das Frettchen führte ihn durch den Flur der ersten Etage bis zur Treppe. Gabriel stieg langsam hinab und sah sich dabei die vom Verlag herausgegebenen Machwerke an, die in kleinen Glasvitrinen ausgestellt waren. Keine Pornographie, aber völlig obszön. Nichts von dem sollte einem Bürger zwischen sieben und siebenundsiebzig Jah-

ren in die Hände fallen. Er blieb auf dem letzten Treppenabsatz stehen und hörte, wie die Empfangsdame ins Telefon flüsterte.

«Bitte Roger, dich abzulösen! Nein ... Hör zu, Francis, du machst, was ich dir sage, verstanden! Wenn es nicht anders geht, nimm ihn mit zu der Versammlung ... Der Chef will wissen, was es mit dieser Geschichte von den Archiven auf sich hat ... Das darf uns nicht durch die Lappen gehen!»

Gabriel wartete eine lange Minute auf dem Treppenabsatz und stieg dann schnell mit unbekümmerter Miene hinab. Die Kollaborateurin schenkte ihm ein breites Lächeln, das ihr «Bis morgen» einrahmte. Der Skinhead mühte sich auf dem Parkplatz mit einem geländegängigen Motorrad ab, das scheinbar nicht anspringen wollte. Er klappte den Ständer herunter und kam zu Gabriel, der gerade die Tür des Peugeot öffnete.

«Entschuldigen Sie bitte, aber meine Maschine hat eine Panne ... Fahren Sie nach Paris?»

«Ja.»

«Würde es Ihnen etwas ausmachen, mich bis zur Porte d'Asnières mitzunehmen?»

Um sich nach vorne zu setzen, mußte er die Arbeit von Sloga auf den Rücksitz legen. Zwei Blätter fielen heraus. Als er sie aufhob, erhaschte der Skin einige mörderische Sätze aus dem «Fureur Continentale» über Bernhard-Henry Lévy, die sein Vertrauen erweckten: «Bernard-Henry Lévy, dieser verhinderte Philosoph, der nicht schreiben kann, schreibt in einem dicken Buch, das bei
 Grasset veröffentlicht wurde ... So viel Strenge bringt B.-H. L. durcheinander, der niemals etwas gesehen, geschrieben und gemacht hat, außer Knete mit dem Engagement von anderen ... B.-H. L., diese mickrige Gestalt, die ich eines Tages in die Moulinex stecken werde ...»

Lévy, schmierig, Knete, Mordlust, auf diesem Gebiet kannte er sich aus. Der Wagen verließ den Boulevard périphérique und durchquerte die Zone der Schlafstädte. Der Drucker hatte Probleme, Fragen zu stellen und das Gespräch in Gang zu halten. Rhetorik war nicht seine Stärke. Gabriel trieb ihn in die Enge, als er an der Ecke des Boulevard Berthier stoppte.

«Soll ich Sie bei der Metro absetzen?»

«Ja ... Aber wenn Sie ein bißchen Zeit haben, könnte ich Sie in der Gegend noch zu einem Bier einladen ...»

Im «Le Saussure» gab es nur die üblichen Biersorten, und der Schaum des Adelscott vom Faß, das Gabriel bestellte, löste sich sogleich auf und ähnelte mageren Fettaugen auf einer Suppe. Francis steckte sich eine Celtique an und trank seinen Pelforth mit einem Schluck aus, wie es sich für einen Mann gehört.

«Ich glaube, Sie interessieren sich für dieselben Sachen wie ich ...»

«Kommt darauf an, was Sie meinen.»

Francis blickte um sich und beugte sich flüsternd vor.

«Die wahre Geschichte, das Ende der Lüge, die verbreitet wurde von der Lobby ...»

Gabriel erkannte die Schwierigkeit seiner Aufgabe. Nun hatte er zum erstenmal Kontakt mit den Faschos, und schon war es ihm unmöglich, das Gespräch weiterzuführen. Er antwortete, indem er dem Skin freundschaftlich auf die Schulter klopfte. Sie stießen mit Glas und Flasche an.

«Ich muß gleich Ordnungsdienst bei einer Versammlung machen, nur zwei Schritte von hier ... Das ist zwar eine geschlossene Gesellschaft, aber wenn Sie mit mir kommen, wird es keine Probleme geben ... Einer der unseren ist gerade aus Serbien zurückgekehrt. Er hat in der Miliz von Dragan gekämpft, in der Krajina ...»

«Ich wußte gar nicht, daß Franzosen in die Reihe der … serbischen Nationalisten aufgenommen werden.»

Francis setzte eine prahlerische Miene auf, die anscheinend besagen sollte: Du weißt ja nicht, mit wem du sprichst, mein Lieber!

«Es gibt eine ganze Menge von unseren Kameraden dort unten, aber in der Versammlung heute abend geht es um einen Russen: Ivan Astrapov.»

Gabriel schreckte hoch. Vor über zehn Jahren hatte er für das politische Asyl eines sowjetischen Malers namens Astrapov demonstriert, der vom Breschnew-Regime verfolgt wurde. Seine Bilder waren zwar uninteressant, aber er schien ein talentierter Dissident zu sein. Gabriel schob sein Bierglas zurück.

«Ist er mit dem Maler verwandt?»

«Er ist es selbst, aber heute malt er nur noch mit der Knarre! Am liebsten mit dem Maschinengewehr.»

IM FEINDGEBIET

Gabriel ließ ihn zahlen und folgte ihm auf den Boulevard Berthier. Junge Frauen mit zerstochenen Armen saßen auf den Hauben von parkenden Fahrzeugen und öffneten ihre Schenkel für vorbeifahrende Lastwagenfahrer. Sie kamen an ehemaligen Kaufhäusern vorbei, die in Werkstätten für die Pariser Oper umfunktioniert worden waren, und bogen in eine kleine Straße ein, die an den Schienen der Linie Saint-Lazare entlangführte. Francis gab einem Typen, der damit beschäftigt zu sein schien, seinen Schnürsenkel zuzubinden, ein Zeichen, und sie betraten den Hof eines alten Lagers. Ein weiterer Mann wartete auf der Laderampe. Er ergriff die Faust von Francis für einen römischen Gruß, und nachdem er sich mit einem Blick Gewißheit über Gabriel verschafft hatte, führte er sie zu einem Lastenfahrstuhl, schloß das Gitter hinter ihnen und betätigte einen altertümlichen Schalter, der an einem Stromkabel hing. Die Kabine erbebte und fuhr ruckend bis zum zweiten Stock. Fast zweihundert Personen, größtenteils junge Männer, drängten sich in dem Lagerhaus-Café, dessen Mauern und Balken einen muffigen Geruch verströmten. Im Getöse der Gespräche und des serbischen Rocks der Gruppe Junak, der über Lautsprecher ausgestrahlt wurde, brachten zwei Zwillingsbrüder von Francis die Bestellungen an die Tische. Der Skin-Drucker setzte Gabriel neben die Trümmer eines alten Fließbandes und nahm seine Position links von der Eingangstür ein. Auf einem ein Meter hohen Unterbau stand ein Tisch mit Mikrophonen und drei Stühlen. Die Wand war mit mehreren verdreckten serbischen Bannern dekoriert. Sie rahmten die Vergrößerung eines Fotos ein, auf dem eine Tschetnik-Abteilung in traditioneller Ausstattung abgebildet war: hohe schwarze Stiefel, Drillich, dichter Bart, Pelzmütze.

Gabriel ließ sich ein in Moskau gebrautes Tsver bringen. Er trank in kleinen Schlucken und beobachtete das Publikum. Es bestand zu einem guten Teil aus kleinen Lausejungen aus guten Familien, die sich den Thrill des Monats verschaffen wollten, und aus Vorstadtjugendlichen, die zu allem bereit waren, um ihrer leeren Zukunft zu entkommen. Zuerst erkannte er kein Gesicht: die kleine anonyme Masse von Meetings … Als er sich umdrehte und die hinteren Tische inspizierte, traf sein

Blick auf den eines etwa vierzigjährigen Mannes. Er brauchte ungefähr eine Viertelstunde, um seiner Erinnerung auf die Sprünge zu helfen und unter dem breiten rötlichen, kahlen Schädel die vorspringenden Wangenknochen und den wilden Schopf von Thierry Tegret zu erkennen. Er hatte ihn ein- oder zweimal während seines ersten Jahres an der Uni getroffen. Tegret war damals die Nummer zwei einer sehr aktiven trotzkistischen Gruppe, die militärisch organisiert war. Er kommandierte damals etwa dreißig Militante, die auf Befehl die Vorlesungen sprengten. Als seine Organisation zehn Jahre später gerichtlich verfolgt wurde, hatte Gabriel vage davon gehört, daß ihm vorgeworfen wurde, Gelder unterschlagen zu haben, deren Herkunft niemand kannte. Neben ihm saß ein ehemaliger Journalist der «Libération», Paul Estèphe, Spezialist für zweifelhafte Affären, die aus einem Gebräu von ministeriellen Vorzimmergeschichten, dem muffigen Gestank von Geheimdienstinformationen und schalen Bettgeschichten bestanden. Gabriel hatte noch mehrere seiner Fernsehauftritte im Kopf, als es um Pastor Doucé oder den Selbstmord von Pierre Bérégovoy ging. Thierry Tegret stand auf und Gabriel fürchtete, er würde auf ihn zukommen. Der Ehemalige ging an ihm vorbei und warf sich in die Arme eines kurzbeinigen Mannes, dessen Augen hinter einer dunklen Panoramabrille verborgen waren. Tegret stieg auf das Podium und reichte dem maskierten stämmigen Mann die Hand. Ein dritter Mann folgte ihnen, und sie setzten sich an den Tisch. Sogleich wurde es still im Saal. Tegret vergewisserte sich, daß die Mikros funktionierten.

«Liebe Kameraden. Ich glaube, es ist Zeit, dieses Treffen zu eröffnen, und ich möchte euch zunächst den Kommandanten Jovan Gavrovic vorstellen, dessen Truppen tapferen Widerstand gegen die kroatisch-muselmanische

Koalition bei Bihac geleistet haben.»

Er machte eine Pause für den Beifall. Gavrovic, der kein Wort französisch sprach, bedankte sich auf Serbisch, und der Beifall verdoppelte sich.

«Ich brauche nicht viele Worte zu machen, um unseren

lieben Bruder Ivan Astrapov vorzustellen, der drei Monate an verschiedenen europäischen Fronten verbracht hat, wo der Fortbestand unserer Zivilisation durch den fundamentalistischen islamischen Expansionismus in Frage gestellt wird. In Tschetschenien, in Serbien! Bevor ich Ivan Astrapov einige Fragen stelle, möchte ich euch nur daran erinnern, daß ich hier in meiner Eigenschaft als Chefredakteur von ‹Vor allem national› bin, der Tageszeitung des sozialen Frankreich, der Ivan die ausschließlichen Rechte für die Veröffentlichung seines Kampftagebuches zugesichert hat.»

Die Luft im Raum war erstickend. Gabriel bewegte sich Richtung Eingangstür, wo es einen leichten Luftzug gab.

«Meine erste Frage, lieber Ivan, ist ganz direkt. In einem Film des englischen Senders BBC wird gezeigt, wie du gerade auf Sarajewo schießt. Manche behaupten, daß das Foto nur gestellt war ...»

Der Ex-Maler, Ex-Sowjetbürger und Ex-Dissident zog das Mikro an seinen Mund und schob seine Brille hoch. Wie alle, die die besten Schulen besucht haben, hatte er fast keinen Akzent.

«Die brauchen sich nur vor meine Knarre zu stellen, dann haben sie die Antwort!»

Tegrets Gebrüll füllte den ganzen Saal.

«Glaubst du, daß du einen oder mehrere Bosnier getötet hast?»

«Da unten heißen die Türken! Ich will doch stark hoffen, daß ich meine Kugeln nicht verschwendet habe ...»

Francis ging an Gabriel vorbei, der ein Lächeln vortäuschte.

«Was empfindet ein Maler, wenn er den Pinsel mit der Kalaschnikow vertauscht?»

«Eine Stunde Krieg, und man ist für alle Zeiten von der

Malerei geheilt, von der Illusion, daß man die Welt darstellen oder interpretieren kann! Man muß sie in die Knie zwingen! Sie vergewaltigen, zum Kotzen bringen! Die Tatsache, auf deine unerbittlichen Feinde zu schießen, gibt dir ein Gefühl von Kraft und Freiheit ... Das ist ein großartiges Lustgefühl. Ich habe in Moldawien, in Slowenien, in Bosnien, in Abchasien und in der Krajina gekämpft und überall dieselbe intensive Lust empfunden ... Ich habe mich noch nie so frei gefühlt wie inmitten von brennenden muselmanischen Häusern, im Gestank von türkischen Leichen und im Pissegeruch der Feiglinge!»

Ein andächtiges Schweigen begleitete seine Worte, die er mit starren Augen hinter seinen Brillengläsern ausstieß.

«Glaubst du, daß diese Kriegc auf die Grenzen des ehemaligen Sowjetreiches beschränkt bleiben?»

Astrapov entspannte sich.

«Wenn du wissen willst, was ich in meinem Innersten denke, ich möchte, daß die russischen Nationalisten sich entscheiden, endlich Schluß mit der liberalen Illusion des versoffenen Zaren und seines Premierministers ‹Scheißomerdin› machen, die unsere Rasse und unser Volk zerstören! Wenn das jetzt geschieht, können die Sachen schnell geregelt werden, mit einem Minimum an zerbrochenem Geschirr. Wenn man wartet, wird es Millionen Tote geben!»

Tegret spürte, daß das Publikum sehr aufmerksam und aufnahmebereit war.

«Liberale Illusion ist nur ein anderes Wort für Demokratie. Ist das ein Wort, das dir angst macht, das dich anwidert?»

Astrapov stand auf und beugte sich schreiend in den Saal.

«Wollt ihr die Demokratie?»

Lautes Hohngelächter schlug ihm entgegen. Er setzte sich wieder, mit knallrotem Gesicht.

«Mir ist die Pariser Demokratie der Fabius und Lang scheißegal, dieser Hirnakrobaten und Sicherheitsheinis, genauso wie die New Yorker Demokratie der Rockefeller und Metro-Goldwyn-Mayer! Sie können in aller Ruhe verfaulen und in ihrer Ecke krepieren. Ich stelle einfach nur die Frage: Wie lange soll man noch hinnehmen, daß immer nur Kriege gegen die Armen geführt werden?»

Das Publikum stand auf wie ein Mann und skandierte den Namen von Astrapov. Nur Kommandant Jovan Gavrovic, mit dem niemand sprechen konnte, war mit dem Hintern auf seinem Stuhl klebengeblieben. Gabriel nutzte die Atmosphäre kriegerischer Kommunion, um sich zu verdrücken. Der Lastenfahrstuhl fuhr abwärts schneller und setzte ihn vor dem wachehaltenden Skin ab, der hastig die Knarre verbarg, deren Funktionieren er zärtlich überprüft hatte.

DAS ENDE DER WELT

Gabriel war nicht mutig oder leichtfertig genug, direkt zum heimischen Herd zurückzukehren. Er fuhr erst mal auf den Stadtring, die Tachonadel auf hundertvierzig. Während er im Kreis um die Stadt fuhr, wurde er zweimal geblitzt. Keine Ausfahrt schien ihm die richtige zu sein. Er drehte sich wie ein Hamster im Käfig, erblindet durch seine eigene Bewegung.

«Sie kehr. Sie kehren zurück, die Botschafter des Hasses.»

Sloga auf seinem Schmerzensbett in der Salpêtrière brabbelte vor sich hin. «Max, auf dem Platz, die Lautsprecher», den Schädel eingeschlagen von den Schlägern der Faschos, auf die er den Bildschirm seines Mac gerichtet hatte. Er gab Gas. Wer war Max? Auf welchem Platz dröhnten die Lautsprecher? Porte d'Aubervilliers, Porte de la Villette, Porte de Pantin, Porte de Bagnolet ... Die roten Vorstädte wurden braun. Die Franzosen fabrizierten französisch kleine Franzosen! Welcher Platz? Die Schönredner vom Marx-Platz? Bei der zweiten Runde wechselte er die von Pendlern verstopften Fahrspuren und bog bei der Porte des Lilas ab.

Gilbert Gache, ein Philosophieprofessor, der mangels Phantasie seiner Zeitgenossen den Spitznamen Gege bekommen hatte, wohnte oberhalb der Rue de Belleville über einer Bäckerei, die einen pakistanischen Fabrikanten beherbergte, der Gewürzmischungen für die Chinarestaurants des Viertels herstelltc. Der Geruch von fauligem Fisch, eine unentbehrliche Grundlage für die Alchimie des Fernen Ostens, imprägnierte sogar die Stimmen der Operndivas auf den Pits der CDs, die er hörte, während er immer wieder die Klassiker des Marxismus und der Freudschen Psychoanalyse las. Die gegenseitige Erhellung, die davon ausging, stürzte ihn in Abgründe der Verzweiflung. Daher stieg er niemals ohne einen gehörigen Vorrat von Morgon, Chassagne-Montrachet oder Pommard in die Niederungen der kritischen Vernunft oder der Sozialisierung der Libido hinab. Am erstaunlichsten war, daß diese Verbindung aus freudianischem Marxismus und selbstmörderischem Alkoholismus ihn sehr umgänglich machte und seine Rede ebenso klar verständlich wie gelehrt blieb. Er empfing Gabriel, als ob sie sich erst gestern gesehen hätten, obwohl ihre letzte Begegnung drei Jahre zurücklag.

Gege hatte bereits den Titel eines französischen Vize-

Champions im Gewichtheben gewonnen, als er die Aufnahmeprüfung für die Hochschule mit Auszeichnung bestand, und er war stolz auf seine breiten Schultern, die in den Vorlesungssälen immer wieder für Sensationen sorgten. Er füllte gekonnt zwei Senfgläser mit rubinfarbenem Gevrey-Chambertin und stopfte einer deutschen Diva das Maul, indem er mit der Fernbedienung die Stereoanlage abschaltete. Gabriel machte seine üblichen Komplimente für den Wein und erzählte dem Bruchbudenphilosophen von Slogas Mißgeschick, von der Zitatsammlung, Pedros Eingebungen, seinem Besuch in der Druckerei Gaston Lemoine und schließlich vom Beginn des Abends mit dem Skinhead, dem Kamikaze-Maler und dem zum Faschisten mutierten ehemaligen Revolutionär. Gege hörte zu, ohne ihn zu unterbrechen, in seinen Sessel zurückgelehnt, die Augen halb geschlossen, die Nase im göttlichen Duft des Burgunders. Als Gabriel mit Astrapovs Wunsch nach einem Dritten Weltkrieg endete, stellte Gege sein Glas ab und sagte nur:

«Mich wundert, daß dich das wundert.»

«Hör mal. Ich bin ja nicht naiv. Seitdem Le Pen und De Villiers bei der Präsidentschaftswahl zusammen mehr als zwanzig Prozent der Stimmen bekommen haben, ist bekannt, daß der Ruf nach dem starken Mann nicht nur von ein paar Durchgeknallten ausgeht ... Ich habe mich mit alten Erklärungsmustern beruhigt: Die Rechte hat sich einfach radikalisiert ... Was ich aber bei dieser Sache mit Sloga entdeckt habe, ist das massive Abgleiten der Linken, und nicht nur der Arbeitslosen und der Im-Stich-Gelassenen in den Vorstädten ... Das sind Politiker, Schriftsteller, Journalisten, Lehrer ...»

Gilbert Gache füllte die Gläser wieder auf.

«Darüber könnte man tagelang diskutieren: Sinnverlust, Verlust der sozialen Stellung, Verschwinden der Bezugspunkte ... Man braucht nur ein kleines Experiment zu machen, um den Ernst der Krise zu ermessen ... Ich bitte dich einfach, mir in zwei, maximal drei Punkten das Programm der Hauptströmungen der französischen Politik zusammenzufassen ... Gaullisten, Liberale, Kommunisten, Sozialisten ... Leg los!»

Gabriel skizzierte einige vage Konzepte, über die Gleichheit, das Zusammenwachsen Europas, den starken Franc, die Verteidigung der sozialen Errungenschaften, die Wettbewerbsfähigkeit ...

«Jetzt versuch mal, dasselbe mit dem Programm der Front National zu machen ...»

«Frankreich den Franzosen, Bewahrung der nationalen Eigenschaften, Ausweisung der Immigranten, Mutterschaftsgehalt, Ablehnung von Maastricht, Wiedereinführung der Todesstrafe, Überführung der Asche von Pétain ...»

Gege ließ ihn innehalten.

«Der Beweis ist unwiderlegbar. Auf der einen Seite Wischiwaschi, das Schwinden ideologischer Grenzen, langfristige Planungen ... Auf der anderen Seite Einhämmern der Themen, demagogische, aber schrecklich wirksame Präzision, Wunderrezepte ... Wir alle haben das unwiderstehliche Bedürfnis, die Welt zu beeinflussen, sie zu transzendieren. Zu denken, daß unser einfaches Gewicht das gemeinsame Schicksal verändern kann. Es ist einfach, dieses menschliche Bestreben in schlichte Begriffe zu übertragen: gewinnen, Krieg, den Gegner klar umreißen, ihn, wenn es sein muß, erfinden ... Ihre gegenwärtige Stärke liegt darin, eine schnelle Veränderung zu verkörpern, einen Ausweg aus der Verzweiflung anzubieten. Man kann die faschistische Illusion nicht begreifen, wenn man nicht sieht, daß sie auch eine Mystik ist. Und das funktioniert genauso gut bei den armen

Schweinen in den Vorstädten wie bei Universitätsprofessoren!»

Gabriel wußte, daß Gege im Grunde recht hatte. Trotzdem versuchte er weiterzubohren.

«Der Schrecken der Nazi-Lager, die Résistance, das alles liegt doch nicht so lange zurück! Es gibt moralische Schranken …»

«Es wäre tatsächlich einfacher, wenn das Gedächtnis ein meßbarer, quantifizierbarer Begriff wäre … Für die Deportierten sind fünfzig Jahre ein Tag, manchmal nur eine Stunde … Für die kleinen Arschlöcher, die du in Aktion gesehen hast, ist das eine Ewigkeit her, hat es das sozusagen gar nicht gegeben. Eines Abends habe ich eine Dokumentation über den 8. Mai 1945 in Sétif gesehen, wo die französische Armee ganz bewußt mindestens fünfzehntausend aufständische Algerier massakriert hat. Ein alter Kabyle erzählte, daß er gerade von der Front in Europa zurückgekehrt war, wo er gegen die Nazis gekämpft hatte, um dann zu erfahren, daß seine ganze Familie ausgerottet war. Der Journalist fragte ihn: ‹Nach einem halben Jahrhundert müssen sich die Wunden doch geschlossen haben, oder?› Der Bauer hat ihn angesehen und sich mit der Antwort Zeit gelassen: ‹1935 war ich zehn Jahre alt, der Schulmeister, ein Bretone, lehrte uns die Geschichte Frankreichs. Er erklärte uns ganz genau die Greuel, die die Preußen, er nannte sie Boches, während des Krieges von 1870 begangen haben. Das war viel beeindruckender als die Märchen über Menschenfresser und Geister, die uns die Alten am Abend erzählten … Dieser Schulmeister war nicht alt, er war mit dem Jahrhundert geboren worden, und trotzdem hatte er einen Krieg nicht vergessen, den er gar nicht erlebt hatte. Einen Krieg, der dreißig Jahre vor seiner Geburt stattfand! Und Sie glauben, daß ich die Ermordung meines Vaters, meiner Mutter und meiner beiden Brüder verzeihen kann?›»

Gilbert Gache gönnte sich eine Burgunderpause. Gabriel ging wieder zum Angriff über.

«Genau! Wie kannst du rechtfertigen, daß die kommunistischen Zeitungen das Geschreibsel dieser faschistoiden Naivlinge abgedruckt haben? Wenn jemand die Erinnerung an den Widerstand zum Kult gemacht hat, dann doch sie!»

Gege verfolgte schweigend die innere Bahn des Chambertin und setzte sein Glas ab.

«Zunächst einmal, ich rechtfertige überhaupt nichts, vor allem nicht auf diesem Gebiet. Ich versuche zu verstehen. Manche sagen, daß die Front National den Slogan der Kommunistischen Partei ‹produzieren wir französisch› nur noch durch ‹mit französischen Arbeitern› vervollständigen mußte, um die Sache auf den Punkt zu bringen. Da ist was Wahres dran. Es gibt immer welche, die noch nationalistischer sind als man selbst. Der Hauptgrund liegt meiner Meinung nach aber woanders.»

«Und wo, bitte?»

»Im Jahr 89!»

«Du quatscht mir die Hucke voll, um mir zu sagen, daß vor fünfzig Jahren der Big Bang stattfand, und jetzt gehst du bis zur Französischen Revolution zurück! Das ist ja unglaublich!»

«Wenn du genau hinsiehst, gibt es in jedem Jahrhundert ein Jahr 89 ... Ich präzisiere also: 1989. Das Jahr, in dem alle möglichen Gefahren drohten, in dem Gorbatschow versuchte, den Zusammenbruch seines Reiches aufzuschieben, indem er Polen, die Tschechoslowakei und Ostdeutschland aufgab, mit dem glühenden Symbol des Falls der Berliner Mauer ... Seit Jahren hatten nur die ganz Naiven und die ganz Fanatischen an die Existenz des ‹sozialistischen Systems› und an das ‹Vaterland der Arbeiterschaft› geglaubt ... Die Revolution war das Ebenbild der Mumie Lenins, der unabwendbar in seinem Mausoleum verfaulte, auch wenn Legionen von Gelehrten versuchten, den Verfall aufzuhalten. Als ob man den Körper Nietzsches brauchte, um sein Denken zu teilen! Was für ein Elend! Die Materialisten sind tatsächlich die letzten Mönche!»

«Und 89? Glaubst du nicht, daß man davon schon wieder weit weg ist?»

«Wenn du Ideen von der Stange brauchst, kannst du ja zu deinen Skins und ihrem Kommandanten Gregovic zurückgehen!»

«Gavrovic ...»

«Von mir aus, Gavrovic ... Die Würdenträger in der Parteiführung der KPF glaubten, daß der Erdrutsch sie auch mitreißen würde, daß die Partei sich auflösen würde ... Die Mehrheit hat versucht zu retten, was zu retten war. Einige haben direkte Konsequenzen gezogen und sich den Sozialisten angeschlossen, andere sind irgendwas mit ‹Re› geworden: Reformatoren, Rekonstrukteure, Renovierer ... Noch andere haben sich nach dem Schiffbruch an alle Planken geklammert, die in Reichweite waren. Vorzugsweise natürlich an faulige Planken. Zu diesen gehörte sicherlich der ‹Fureur Continentale› von Kevin Kervan ... Ein Revolverblatt, in dem sich eine ganze Generation fleißiger Nachahmer von Céline, Drieu la Rochelle, Brasillach etc. Gehör verschaffen konnte ... Das Blatt wurde in den Dienst dieser Fraktion gestellt, und kommunistische Autoren mischten sich mit faschistischen Autoren. Ein stellvertretender Generalsekretär der kommunistischen Gewerkschaft CGT stand neben dem Chefredakteur von Le Pens Zeitung ‹Présent›, der Leiter der literarischen Abteilung des kommunistischen Verlages setzte sich mit dem antisemitischen Pamphletschreiber Mac Daube an einen Tisch, die Mitglieder des Zentralkomitees der KPF schrieben Editorials unter den Zeichnungen des rassistischen Karikaturisten des ‹National-Hebdo›! Und dein Ivan Astrapov schickte im selben Monat seine Notizen aus Jugoslawien an ‹Choc du Mois›, eine faschistische Monatszeitschrift, und an die ‹Révolution›, ein kommunistisches Wochenblatt. Einer der Leitartikler der ‹Humanité›, Pierre Jumel, von dem gesagt wird, er würde weit vorausblicken, wurde mehrere Male wegen Antisemitismus angeklagt, und ich glaube sogar, daß er mehrfach von den Gerichten verurteilt wurde ... Sie mußten erst den philosophischen Vordenker der Neuen Rechten, der übrigens Herausgeber einer faschistoiden Zeitschrift ist, zu einem Kolloquium über ‹Die Renaissance des kritischen Denkens› am Institut für marxistische Forschungen einladen, bis der Skandal in ihren eigenen Reihen ausbrach!»

Gilbert Gache stand auf und öffnete das Fenster. Der Duft von fauligem Fisch drang in das Zimmer. Gabriel hielt seinen Hemdsärmel vor die Nase.

«China erwacht! Meinst du, daß es unter ihnen welche gibt, die so verrückt sind, daß sie einem vergessenen Schriftsteller die Fresse polieren lassen, weil er sich sechs Jahre später mit diesen Fakten beschäftigt?»

«Das ist unwahrscheinlich. Vor allem nachdem die relative Mehrheit der KPF ein bißchen aufgeräumt hat ... Maurice Céninf, ihre Nummer zwei, wurde in den Ruhestand versetzt, der Parteidichter, Frédéric Romanescu, wurde in den Autorenverlag mit dem Firmenschild der Spottdrossel versetzt, und ‹Révolution›, die kommunistische Zeitschrift, in der sich die meisten Abweichler sammelten, wurde schlicht und einfach versenkt.»

«In dieser Ecke brauche ich also nicht zu suchen ...»

Gege hatte das Fenster wieder geschlossen und bei der Gelegenheit einen üppigen Clos-Vougeot geöffnet.

«Wenn man ihn nicht eine Weile durchlüften läßt, ist das schlimmer als ein intellektuelles Verbrechen! Eine Einzelaktion ist natürlich nicht auszuschließen. Die Menschen sind immer komplizierter als die intelligentesten Überlegungen ... Ich will dir keine Konkurrenz machen, aber ein Philosoph ist so etwas wie ein Detektiv des Denkens ... Einerseits haben die Kommunisten ihr Haus gereinigt, auch wenn das nicht der ganz große Frühjahrsputz war, andererseits haben die Faschos jedes Interesse, ihre Debatten öffentlich zu führen, um ihre Attraktivität zu demonstrieren ... In diese Richtungen solltest du dich also nicht bewegen ...»

«Was bleibt dann übrig?»

Der Philosoph hielt seine Nase über den vielversprechenden Flaschenhals.

«Jemand, der im Hintergrund die Fäden zieht ... In einer Geheimorganisation ... Es gibt Ungeduldige, die ihr Spiel fallen lassen, wenn der Wind sich dreht, und andere, die lächelnd Sand in die Augen streuen ... Maulwürfe. Stell dir vor, dein Romancier ist auf irgendwelche Typen gestoßen, die über jeden Verdacht erhaben sind und in aller Ruhe, im Schutze ihrer Reputation, die Entstehung einer neuen Ordnung vorbereiten. Dafür werden schon Schläger eingesetzt, und ich glaube sogar, dafür wird auch getötet!»

Seine Hand umschloß das Etikett des Clos-Vougeot und

senkte die Flasche zu den Senfgläsern.

Es war schon fast zehn am nächsten Morgen, als Gabriel auf einer Matratze zwischen Bücherstapeln über Psychologie, Philosophie und Soziologie aufwachte. Gilbert Gache hatte einen Zettel an die Tür geheftet, auf dem er ihm den Tip gab, daß die Burgunderreserven in einer Nische unter der Treppe lagen und man nur auf den Schalter der Kaffeemaschine zu drücken brauchte, um einen «jus d'arabica» zu bekommen.

DIE DRUCKERLAUBNIS – FREI ZUM ABSCHUSS

Das Unwetter vom Vorabend hatte die Pariser Gehsteige gereinigt. Die frische Luft war erfüllt vom Duft der Platanen, des Bodens und zerstampfter Kräuter. Gabriel wartete, bis die Bordsteinschwalbe von der Präfektur den Strafzettel für den Peugeot ausgefüllt hatte, und schwang sich dann hinters Lenkrad, um sich neuen Taten zuzuwenden. Der Innenminister brauchte sich nur die Durchschläge der Strafzettel anzusehen, wenn er seine Aktionen Schritt für Schritt verfolgen wollte. Er fuhr die Rue Belleville bis zur Porte des Lilas herunter und gönnte sich eine Portion Schnellstraße. Die Bibliothek des Krankenhauses Pitié-Salpêtrière hatte Ruhetag, ebenso wie die Krankenschwester für Lesestoff. Er nahm die Plastiktüte mit Slogas Material und ging direkt zur Intensivstation. Die Stationsschwester teilte ihm mit, daß Sloga in die normale Abteilung verlegt worden sei. Sein Zustand, den man für zufriedenstellend hielt, erfordere nur noch sorgsame Nachbehandlung. Der Drache, der über ein Dutzend Schwerkranker wachte, erteilte seine Auskünfte mit einer Strenge, gegen die Gabriel alle Energiereserven mobilisieren mußte.

«Monsieur Sloga hat einen schweren Gehirnschock erlitten. Er kann sich kaum an Bruchstücke aus seiner jüngsten Vergangenheit erinnern. Er braucht absolute Ruhe!»

Er zeigte ihr schnell das Manuskript «Der Mond über den Sümpfen», die verschiedenen Notizen und das «Lexikon der Zitate».

«Wie ich Ihnen schon sagte, ich bin sein Privatsekretär. Dieses Manuskript muß unbedingt vor Ende der Woche zu seinem Verleger, damit das Buch Anfang Oktober in den Buchhandlungen ist. Er muß einfach nur seine Druckerlaubnis geben. (Er näherte sich dem Mannweib, senkte die Stimme und nahm einen vertraulichen Ton an.) Er steht auf der inoffiziellen Liste für den Prix Goncourt.»

Er merkte, wie es in ihr arbeitete.

«Wenn er in zwei, drei Tagen wieder im Vollbesitz seiner geistigen Kräfte ist und dann erfährt, daß sich die Veröffentlichung seines Buches auf die Zeit nach der Preisverleihung verzögert hat, ist ein schwerer Rückfall zu befürchten ...»

Gabriel konnte sie zwar nicht überzeugen, aber sie wollte auch nicht riskieren, Ursache für einen literarischen Reinfall zu sein.

«Na gut, Sie können zu ihm. Fünf Minuten und nicht mehr. Sie bitten ihn zu unterschreiben, und Sie gehen dann sofort wieder.»

André Sloga drehte den Kopf zur Tür und lächelte Gabriel an.

«Sind Sie es, Doktor?»

Gabriel schob den Besucherstuhl ans Bett.

«Ich gehöre nicht zum Krankenhaus. Mein Name ist Gabriel Lecouvreur, und ich versuche, diejenigen zu finden, die Sie zusammengeschlagen haben.»

Sloga atmete tief ein.

«Man hat mich zusammengeschlagen, sind Sie sicher? Ich erinnere mich nicht ...»

«Ja, man hat Sie in Ihrer Parkgarage in der Rue Jeanne d'Arc gefunden. Die Täter sind geflohen, und ich möchte herausbekommen, wer sie sind ...»

«Warum machen Sie das? Sind Sie von der Polizei?»

Gabriel sah, wie die Überwacherin mit ihrer Nase an der Scheibe klebte und sich dann entfernte.

«Nein, ich bin einfach nur einer Ihrer Leser. Ich habe in der Zeitung gelesen, was Ihnen passiert ist, und das hat mich erschüttert. Ich hoffe, Sie erinnern sich, daß Sie Schriftsteller sind ...»

«Ich weiß nicht, ob das ein Glücksfall ist ... (Er deutete auf seine Stirn.) Vielleicht ist es das, was ich dort auslöschen wollte!»

«So etwas dürfen Sie nicht sagen. Ich habe mindestens vier Bücher von Ihnen gelesen, ‹Die Unschuldigen›, ‹Die Ernte des Teufels›, ‹Wochenende in Nagasaki› und ‹Die Gegenströmung› ... Ich habe auch einen Blick auf Ihr letztes Manuskript geworfen, ‹Der Mond über den Sümpfen› ...»

André Sloga stützte sich auf die Ellbogen, um seinen Kopf aus dem Kissen zu heben.

«‹Der Mond über den Sümpfen›? Sie müssen sich irren, ich hätte niemals so einen lächerlichen Titel gewählt.»

Gabriel legte das Manuskript auf die Knie und schlug es an einer beliebigen Stelle auf.

«Nein, ich irre mich nicht. Es gibt keinen einzigen Satz da drin, der von einem anderen sein könnte! Hören Sie: ‹Es gibt eine geheimnisvolle Karte im Tarotspiel, auf der zwei Wölfe den Mond anheulen, von dem blutige Tropfen herunterfallen, zwischen zwei großen Türmen, die die Grenzen des Bewußtseins kennzeichnen, während ein Krebs ganz unten in einem Bassin schwimmt. Das ist der Mond, aber er repräsentiert die Furcht, und die ist so alt wie die Welt ... Wenn der Mensch sich daran erinnert, muß er sterben.›»

Er hatte zwischen zwei Sätzen aufgeschaut und gesehen, wie Sloga mit den Lippen die Konturen der Wörter nachzeichnete. Er blätterte weiter.

«‹Die einzigen Lebenszeichen. Alles andere in der Ewigkeit versunken, der von Wolken gekrönte Sternenhimmel, der Kontrast von Tinte und Silber in der kleinsten Pfütze, der feuchte Sand mit den Spuren nackter Füße …›»

Der Schriftsteller ahmte seine Arbeit in der Sekunde nach, in der Gabriel sie vortrug, und suchte nach einer Spur in seinem Gedächtnis.

«Ich habe den Eindruck, daß ich den Text schon mal gehört habe, vor sehr, sehr langer Zeit … Und Sie sagen, das ist von mir?»

«Ja, das ist Ihr nächster Roman … Erinnern Sie sich an Max, am Platz … Die Lautsprecher?»

Auf seinen Zügen erschien ein kindliches Lächeln.

«Nein, aber das ist lustig … Ist das auch von mir?»

«Seit Sie wieder zu Bewußtsein gekommen sind, haben Sie diese Wörter unaufhörlich wiederholt … Ich weiß nicht, ob sie etwas mit dem Überfall auf Sie zu tun haben, aber ich bin mir ziemlich sicher, daß man Sie zusammengeschlagen hat, um Sie daran zu hindern, Ihre Untersuchung über die Verbindungen kommunistischer Intellektueller und Politiker zu ihren faschistischen Gegenspielern fortzusetzen. Ich habe eine ganze Reihe von Zitaten, die Sie aus Büchern und Zeitschriften wie ‹Fureur Continentale› zusammengestellt haben …»

Sloga hob gequält die Augenbrauen.

«Ich erinnere mich sehr vage … Ganz weit weg, weit weg … Können Sie mir noch etwas vorlesen?»

Gabriel wählte einen Abschnitt aus der Le-Pen-Zeitschrift ‹Le Choc du Mois› vom Juli 1992 aus.

«Sie haben nicht die Namen notiert, aber ich habe den Eindruck, daß dies hier von Ivan Astrapov ist, einem ehemaligen sowjetischen Dissidenten und Maler … ‹Während man in Frankreich nur von einem Flirt zwi-

schen Nationalisten und Kommunisten reden kann, gibt es in Rußland bereits eine Allianz, die in den politischen Alltag eingreift. Am 23. Februar 1992 haben oppositionelle Kräfte unter nationalistischen, monarchistischen und roten Fahnen in der Tscherskaja-Straße in Moskau Jelzins Miliz angegriffen. (...) Wir leben in einer Epoche, in der sich die Bündnisse radikal verändern, überall werden neue Barrikaden errichtet, und wir werden diese Barrikaden mit unseren neuen Waffenbrüdern verteidigen. (...) Soll ich euch von dem neuen rot-braunen Banner der nationalkommunistischen Bewegung erzählen?›»
Die Stationsschwester spähte durch die offenstehende Tür, Sloga hob die Hand, um sie zu beruhigen. Er wartete, bis sie verschwunden war, und sah seinen Besucher an.
«Meine Birne ist völlig zermatscht ... Meine grauen Zellen sind völlig durcheinander ... Es gibt Namen, Formulierungen, die Bilder hervorrufen, und alles, was mit ihnen verbunden ist, ist weg ... Seit heute morgen sehe ich sehr genau ganze Szenen aus meiner Kindheit, als mein Vater mich mit zu anarchistischen Treffen nahm, wo er Akkordeon spielte ... Ich habe die Melodien im Kopf, die kleinsten Noten ... Dann gibt es auch viele Sachen über Spanien, der Aufbruch der Brigaden in Barcelona ... Der Widerstand ... Aber je mehr ich mich der Gegenwart nähere, um so unklarer wird alles ... Lesen Sie noch mal den letzten Satz vor, wo er von den Farben spricht.»
«‹Soll ich euch von dem neuen rot-braunen Banner der national-kommunistischen Bewegung erzählen?› Meinten Sie diesen Satz?»
Er schloß die Augen und konzentrierte sich auf Astrapovs Frage. Dann knirschte er angestrengt mit den Zähnen und schnappte nach Luft.

«Ich weiß, ich weiß, aber nicht mehr, wo ... Warten Sie, warten Sie, ich erinnere mich an diesen Maler ... Ich habe ihn in einer Buchhandlung getroffen, in Paris ... Da hingen seine Bilder an der Wand ... Sie waren alle da ...»
Gabriel rückte näher.
«Welche Buchhandlung? Und sie, wer waren sie?»
Erschöpft öffnete Sloga wieder die Augen und atmete tief durch.
«Ich habe da Bücher gekauft, viele Bücher ... Sie sind in meiner Bibliothek, zu Hause ... Nehmen Sie den Schlüssel, im Schrank ...»
Die Überwacherin sah demonstrativ auf ihre Uhr, als er das Zimmer des Schriftstellers verließ.
«Ich hatte gesagt, fünf Minuten!»
«Entschuldigen Sie bitte, er wollte zwei oder drei Sätze ändern ... Sie wissen ja, wie die Künstler so sind ...»

DIE MOTORRADKETTE

Gabriel öffnete die Haustür in der Rue Jeanne d'Arc mit dem Nachschlüssel, den er von dem Feuerwehrhauptmann in der Rue de la Pompe bekommen hatte, obwohl er die Schlüssel von André Sloga in der Tasche hatte. Eine alte Frau mit einem cholerischen Schildkrötenkopf stieg aus dem Fahrstuhl und schimpfte auf die Welt. Sie musterte den Detektiv von Kopf bis Fuß, bevor sie ihn mit autoritärer Stimme anfuhr.
«Wohin wollen Sie?»

«Zu Ihnen, da ja sonst niemand da ist!»
Sie drehte sich um und stieg wieder in den Fahrstuhl. Die Tür schloß sich vor seinem grinsenden Gesicht.
Slogas Name stand in der Mitte einer kleinen gravierten Tafel, die an der Tür angebracht war, aber Gabriel

brauchte diesen Hinweis nicht, um das Appartement des Schriftstellers zu finden. Die Spuren eines Brecheisens zeigten, daß die Tür nach allen Regeln der Kunst aufgebrochen worden war. Er stieß sie vorsichtig auf. Das stahlverstärkte Holz schabte über Papiere, die auf dem Teppichboden des Flurs verstreut waren. Als er weiterging, entdeckte er das ganze Ausmaß der Katastrophe. Alle Bücher waren aus den Regalen gerissen, Schubladen lagen auf dem Boden, der Inhalt der geöffneten Ordner war verstreut worden. Wäscheschränke und Geschirrregale hatten dasselbe Schicksal erlitten. Gabriel erinnerte sich an die Begegnung mit Kommissar Vergeat bei seinem ersten Besuch in der Rue Jeanne d'Arc und verdächtigte einen Moment die Polizei, gab diesen Gedanken aber schnell wieder auf. Die Polizei ging schon seit langem nicht mehr auf diese Weise vor. Einer seiner wenigen Journalistenfreunde hatte ihm einmal erzählt, daß sein Haustier ihm den unwiderlegbaren Beweis geliefert hatte, daß seine Wohnung von «Klempnern» durchsucht worden war. Er besaß einen neurasthenischen Kater, der Platzangst hatte, schon seit zehn Jahren keine Pfote mehr nach draußen gesetzt hatte und schon Angst bekam, wenn man nur ein Fenster öffnete. Als er nach Hause kam, saß der Kater geschockt auf dem Fußabtreter vor der Tür, obwohl er sich genau daran erinnerte, daß er ihn auf seinem Kissen gestreichelt hatte, bevor es losgegangen war. Irgend jemand war heimlich in der Wohnung gewesen, und aus einem Grund, der dem Journalisten immer noch schleierhaft war, war der Kater diesem Un-

bekannten hinterhergelaufen.

Hier, bei Sloga, lag die Sache ganz anders. Diejenigen, die hier gewütet hatten, hatten nichts gesucht, außer einem Grund, dem Schriftsteller endgültig den Garaus zu machen, sobald er aus dem Krankenhaus kam. Gabriel sammelte einen Haufen Bücher auf, einen Armvoll Dokumente, noch einen und noch einen, dann ließ er sich entmutigt auf eine Bank gegenüber Slogas Schreibtisch fallen. Der Schriftsteller notierte offenbar Ideen, Namen und Verweise auf kleinen Zetteln, die er auf eine alte Weltkarte klebte, auf der noch die Namen von untergegangenen Ländern und Weltreichen zu lesen waren, aber keines der kleinen gelben Vierecke enthielt den geringsten verborgenen Hinweis. Sloga hatte, wahrscheinlich ohne es zu wissen, die gleiche Manie wie Aragon: Er konnte sich nicht von den Postkarten, Einladungen und Fotos trennen, die man ihm geschickt hatte. Die Wände des Flurs waren übersät damit, und die Tapete war nur ganz oben unter der Decke zu erkennen. Es gab Ansichten von Venedig, von Saint-Raphaël, Reproduktionen von Picasso, von Edward Hopper, Einladungen zu Generalproben und Konzerten, Fotos von Doisneau, Willy Ronis, pazifistische Aufkleber, Reste von Demonstrationsrouten, einige Zeitungsausschnitte ... Gabriel verweilte vor einem kleinen Mosaik, das aus exotischen Briefmarken bestand, als der Name Astrapov seine Aufmerksamkeit erregte. Er stand ganz unten auf einem dunklen Stück Pappe, das über dem Lichtschalter angepinnt war:

«Die Buchhandlung La Caillera und der Verlag La Vieille Gauffre laden Sie ein, in der Buchhandlung 34, rue Colonel Henry PIERRE JUMEL zu treffen.

Am 21. Juni 1995, ab 18 Uhr, wird er sein neues Buch ‹Von einem Extrem zum anderen› vorstellen.

Ausstellung der ‹Endwelten›, der letzten Bilder von Ivan Astrapov.»

Gabriel zog die Heftzwecken heraus und steckte die Karte ein. André Sloga hatte das Datum unterstrichen und dazugeschrieben: «Sie sind alle da.» Der Detektiv fand etwas Werkzeug unter dem Spülbecken und brachte ein provisorisches Schloß an der Tür an.

Er war schon einmal an der Buchhandlung La Caillera, die auf halber Höhe der Butte-aux-Cailles auf der anderen Seite der Avenue d'Italie lag, vorbeigekommen, vielleicht hatte er dort sogar schon einige Bücher gekauft. Er parkte den Peugeot neben der seltsamen Sainte-Anne-Kirche und ging die Rue Buot hinunter. Er bog um die Ecke, etwa zwanzig Meter vor den randvollen Bücherkisten. Er marschierte gedankenverloren vor sich hin und dachte sich Dialoge zwischen Kunde und Buchhändler aus, die es ihm erlauben würden, etwas zu erfahren, ohne allzusehr den wirklichen Gegenstand seines Interesses zu verraten. Als er die Augen hob, bemerkte er, daß Francis, der Skinhead-Drucker, ihm eine Länge voraus war. Er hockte auf seinem Motorrad und befand sich in Begleitung eines weiteren Motorradjünglings, der wie er abrasierte Haare, Drillichhosen und Springerstiefel hatte. Francis deutete mit einem Aufschrei in seine Richtung. Die Motoren heulten auf, und Gabriel begriff, daß er ihn nicht mehr für einen potentiellen Kunden des Gaston Lemoine Verlags oder für einen Anhänger der Sache Großserbiens hielt. Er drehte sich um und stürzte in die Rue Buot zurück. Die Motorräder hüpften vom Kantstein und schlängelten sich durch die parkenden Autos. Es wurde ihm klar, daß er weder die Zeit noch genügend Atem hatte, sein Auto zu erreichen. Ohne langsamer zu werden, wühlte er in seiner Tasche, warf sich gegen ein Hoftor und brach es mit dem Universalschlüssel auf. Er gelangte auf einen gepflasterten Hof, den er eilig überquerte, um sich in das gegenüberliegende Treppenhaus zu stürzen. Er lief einige Stufen hinauf, öffnete das Treppenhausfenster und sprang in einen dunklen

Winkel, der mit uralten Kühlschränken und wackeligen Möbeln vollgestellt war und dessen Zaun zu den Gärten der Sainte-Anne-Kirche wies. Gabriel grüßte zwei Priester, die auf dem Rasen des Presbyteriums Federball spielten. Im Kirchenschiff gönnte er sich einige Minuten Pause und versuchte zwischen einem Gläubigen, der vor der Büste des Saint-Arvor in Ekstase geraten war, und einer Putzfrau, die die Betstühle polierte und dabei «Ich bin krank» von Serge Lama sang, wieder zu Atem zu kommen. Am Kircheneingang begegnete er einem kleinen Trauerzug. Der Peugeot stand fünfzehn Meter weiter. Kaum hatte er sich hinter das Lenkrad geklemmt, stand das Motorrad von Francis neben ihm. Der Skin schwang die Kette des Motorradschlosses wie einen Dreschflegel. Er schlug auf das Dach des Wagens. Die Scheibe der Wagentür zersprang in tausend Stücke. Gabriel haute den ersten Gang rein, ohne groß zu manövrieren. Der Peugeot machte einen Satz aus der Parklücke, riß dabei die Stoßstange des vor ihm parkenden Autos ab und rammte das Motorrad des Druckers. Sein Komplize lauerte an der Ecke der Rue du Moulinet. Gabriel raste auf ihn zu, und der Skin mußte von seiner Maschine springen, den Bruchteil einer Sekunde bevor die Front des Wagens sein Vorderrad zermalmte. Francis war nicht untätig geblieben. Er kam wieder auf Gabriels Höhe und versuchte, mit seiner Kette durch die zertrümmerte Scheibe zu schlagen. Gabriel fuhr bei Rot über die Ampel auf der Tolbiac-Kreuzung in Richtung Avenue d'Italie. Der Skin-Drucker blieb auf Distanz, sobald sie

die engen Gassen am Butteaux-Cailles verlassen hatten. Er beschränkte sich jetzt darauf, sein Opfer zu verfolgen und auf einen günstigen Moment zu warten, wo er sich wieder auf ihn stürzen konnte. Gabriel fuhr um den Platz herum in Richtung Boulevard de l'Hôpital. Gleich hinter dem Rathaus des 13. Arrondissements machte er eine Vollbremsung. Die Reifen heulten auf dem heißen Asphalt. Die beiden Polizisten, die vor dem Hauptkommissariat Wache hielten, kamen gerade rechtzeitig, um zu sehen, wie ein Motorradfahrer neben einem lädierten Peugeot anhielt und mit einer Kette auf das Dach schlug, während der Autofahrer durch die Beifahrertür flüchtete. Als der Motorradfahrer sie bemerkte, riß er seine Maschine herum und verschwand in Richtung Avenue des Gobelins.

Gabriel verbrachte einen guten Teil des Nachmittags damit, die Fragen der Pariser Bullen zu beantworten, die umgehend beim Nationalen Sicherheitsdienst angerufen hatten, als sie erfuhren, welchen Beruf er ausübte. Irgendein subalterner Vergeat hatte ihnen sicherlich geraten, ihn auf kleiner Flamme zu rösten. Er blieb bei seiner Geschichte: eine verweigerte Vorfahrt, die den außergewöhnlichen Zorn des Motorradfahrers erregt habe. Der Inspektor, der die Untersuchung leitete, glaubte ihm kein Wort. Spöttisch entließ er Gabriel am Ende seiner Dienstzeit, kurz vor vier Uhr.

«Sie können in Ihren Mülleimer zurückkehren ... Einer meiner Leute hat die Nummer des Motorrads notiert, aber sie ist nicht im Register eingetragen. Wenn die Versicherung sie zur Schadensregelung braucht, gibt es kein Problem ... Kommen Sie wieder zu uns ... Sie sagen uns etwas, und wir sagen Ihnen etwas.»

Er war noch keine zehn Meter gefahren, als einer der Bullen nach ihm pfiff. Er ging um den Wagen und präsentierte ihm zwei Verwarnungen: einmal, weil der Blinker fehlte, und dann, weil er sich nicht angeschnallt hatte. Gabriel nahm den Stoß Formulare, die er in den letzten drei Tagen gesammelt hatte, und hielt ihn dem Polizisten hin.

«Legen Sie sie oben drauf. Ich beginne gerade eine Sammlung.»

Der Helm des Beamten bebte vor freudiger Zustimmung. Er gab ihm noch eine dritte Verwarnung wegen Beamtenbeleidigung.

DIE BUCHHANDLUNG

Gabriel fuhr mehrere Male am Friseursalon vorbei, aber er hatte nicht den Mut, Cheryl die neue Façon des Peugeot zu zeigen. Er stellte ihn in der Rue Désiré-Préaux ab, in einer illegalen Werkstatt, geführt von einem ehemaligen Buchhändler, dessen Laden pleite gegangen war. Vermutlich hatte er sich geweigert, Zaraï und Jardin, Sulitzer und Giroud zu verkaufen. Er reparierte kaputte Kotflügel und gab angerosteten Autos ihre ursprüngliche Farbe wieder. Die Metro war mit Ex-Urlaubern überfüllt und roch nach Strand, eine subtile Mischung aus Sonnenöl und Schweiß. Hundert Meter nach der Place d'Italie gab es Alarm, während der Wartezeit hatte ein weinseliger Clochard, der durch das Fehlen des ratternden Fahrgeräusches aufgewacht war, die Tür eines Waggons blockiert, und es war praktisch acht Uhr, als er aus der Station Corvisart auftauchte. Gitarristen spielten Ferré, Brassens und Bruant, seltener Montéhus. Vor allem nichts aktuell Subversives, was die Verdauung hätte durcheinanderbringen können. Gabriel stillte seinen Heißhunger, angeregt durch die verschiedensten Düfte, mit einer Crêpe, die er am Eingang von Vallès-Burger gekauft hatte, und ging wieder zur Rue Colonel Henry runter. Der Buchhändler hatte gerade seine Bücherkisten in den Laden geschleppt und begann die Rollläden herunterzulassen. Gabriel zog den Kopf ein und betrat die Buchhandlung.

«Es ist Schluß, ich mache zu …»

Gabriel drehte sich nicht um und tat so, als ob er die auf einem Tisch aufgestapelten Bücher studierte, während er sich vergewisserte, daß niemand sonst im Laden war. Die Klassiker des Anarchismus standen neben Neuauflagen von Rebatet, Brasillach und Abel Bonnard.

«Ich brauche nur eine Minute, ich habe nichts zu lesen heute abend …»

Der Buchhändler zog den äußeren Türgriff ab, schloß die Tür und legte die Kurbel für die Jalousie nieder.

«Man sollte gleich sagen, daß es sich um einen Notfall handelt …»

Gabriel hatte in einer dunklen Ecke, die den Blicken der Passanten verborgen war, eine Vorkriegsausgabe des blauäugigen Buches von Paul Morand entdeckt, «La douce France». Er legte die Krimis, die er gerade durchgeblättert hatte, beiseite.

«Ich werde ein oder zwei davon nehmen, aber ich suche schon lange ein vergriffenes Buch von Paul Morand …»

«Welches?»

«‹La douce France› … Es ist mir nie gelungen, es in die Finger zu bekommen.»

Der Buchhändler strahlte.

«Heute ist Ihr Glückstag, ich habe gerade ein Exemplar reinbekommen. Die dritte Auflage, aus dem Jahr des Erscheinens. Aber es ist nicht ganz preiswert …»

«Ich würde gern einen Blick hineinwerfen. Nehmen Sie Kreditkarten?»

 Der Händler war so vorsichtig, seine Kasse abzuschließen und das Schlüsselbund in die Tasche zu stecken. Er ging in den hinteren Ladenbereich und stieg auf eine kleine Trittleiter, um das Buch aus dem Regal zu ziehen. Gabriel war ihm gefolgt, wartete, bis er leicht schwankend stillstand, und stieß ihm den Schraubenschlüssel in die Rippen, den ihm der Mechaniker aus Montreuil geliehen hatte.

«Du steigst jetzt vorsichtig die Leiter runter, ohne dich umzudrehen, und dann legst du beide Hände flach an die Wand! Okay. Auf keinen Fall umdrehen, kapiert?»

Der Händler stützte sich gegen die Wand, und Gabriel schob seine Beine auseinander, indem er ihm gegen die Knöchel trat.

«Ich hätte nicht gedacht, daß Sie mir so einen Streich spielen ... Die Kassenschlüssel sind in meiner linken Tasche, aber Sie werden sich wundern, sie wird dreimal am Tag geleert. Es ist fast nichts drin.»

Gabriel ließ ihn ausreden. Während er ihm immer noch das Werkzeug in die Rippen drückte, öffnete er mit der anderen Hand den Gürtel und die beiden obersten Knöpfe der Jeans des Buchhändlers und ließ sie bis zu den Knien herab. Der wurde nervös und fragte sich, was hinter ihm geschah. Er wollte den Kopf umdrehen, aber Gabriel schlug ihm trocken auf die Wange.

«Sie sind ja verrückt ... Was wollen Sie?»

«Du kennst Francis?»

«Wen?»

«Francis. Er spielt in ‹Chorus Line› mit, in der Skin-Version ...»

«Ich verstehe nicht, wovon Sie reden ...»

Gabriel packte ihn bei den Haaren und stieß sein Gesicht gegen die Wand.

«Du hast heute nachmittag mit ihm und seinem Zwillingsbruder geredet ... Ich suche ihn, ich muß ihm etwas klarmachen ...»

«Ich habe seine Adresse nicht ... Ich weiß nur, daß er bei Gaston Lemoine arbeitet, in Gennevilliers ... Sind Sie der rote Peugeot?»

«Das ist zwar das erste Mal, daß man mich so nennt, aber meinetwegen ... Auch wenn es nicht sehr schön ist, mit einem Blechhaufen verglichen zu werden, es ist nicht besonders beleidigend. Ich sage dir, was ich suche, und du wirst mir antworten, ohne groß herumzureden. Du und deine Schläger, ihr habt einen alten Freund von mir massakriert, und seitdem versucht er, die Bruchstücke seiner Erinnerung zusammenzusammeln, zwei Schritte von hier ... Sloga, André Sloga, sagt dir das was?»

Er hob die Schultern.

«Ich bin Buchhändler. Natürlich kenne ich ihn. Seine Bücher stehen im Regal.»

Gabriel ballte die Faust seiner freien Hand und schlug dem Händler so kräftig aufs Ohr, daß dieser ins Schwanken geriet.

«Ich wende mich nicht an den Buchhändler. Ich frage den Kumpel von Astrapov, Jumel, Somporc, Kevin Kervan, Tegret und Thierry Bucar!»

«Ich verstehe nicht ...»

Die Stiefelspitze des Detektivs drang in die Weichteile des Buchhändlers. Er taumelte und verhedderte sich mit den Füßen in der heruntergelassenen Hose.

«Ich glaube, ich habe dir schon gesagt, daß ich nicht viel Zeit zu verlieren habe ... Ich weiß, daß Sloga hier war und daß er sogar an bestimmten Veranstaltungen teilgenommen hat. Ich will wissen, wer beschlossen hat, ihn zusammenzuschlagen, und warum!»

Er sagte kein Wort. Gabriel griff sich mit seiner großen Hand den ersten Band der ‹Enzyklopädie des französischen Rechts› und schlug ihm damit auf den Schädel, dann zog er ihm brutal den Schraubenschlüssel über die Wirbelsäule.

«Hör zu, ich habe nichts dagegen, dich genauso zuzurichten wie deine Kumpel André Sloga in der Parkgarage in der Rue Jeanne d'Arc zugerichtet haben ... Zuerst knalle ich dir eine Kugel ins Rückgrat. Nicht zu hoch, damit das Knochenmark nicht verletzt wird ... Gerade hier ... Spürst du meine Kanone? Dann mußt du für den Rest deines Lebens im Rollstuhl sitzen ... Und du hast genug Zeit, um dich an diese Veranstaltung zu erinnern und zu bedauern, daß du nicht rechtzeitig ausgepackt hast!»

Der Buchhändler begann nachzudenken.

«Aber was soll ich Ihnen denn sagen?»

«Zunächst das Einfachste ... Wer hat den Auftrag gegeben, Sloga zu überfallen?»

«Ich weiß es nicht genau ... Das sind Typen aus der Bande von Francis ... Skins ...»

«Na bitte, ich habe den Eindruck, daß die Massage mit dem Ledereinband dir gut tut und deine Gehirnzellen aktiviert ... Hast du Sloga hier im Laden getroffen?»

«Ja ... Er hat eine Menge Bücher bei uns gekauft, seit einem Jahr ... Hauptsächlich Texte aus den dreißiger Jahren ... Léon Daudet, Abel Bonnard, Robert Brasillach ... Da wir aus derselben Bewegung kommen, Anarchismus, haben wir ihn Schritt für Schritt in unsere Gruppe integriert, und wir haben ihm die jungen Schriftsteller vorgestellt, die unsere Ideen teilen ...»

«Und was sind das für Ideen?»

«Ich bin nicht in der Lage, mich politisch auszudrükken.»

Ein Hieb mit dem Schraubenschlüssel brachte ihn auf den Geschmack.

«Es gibt eine Verschwörung zwischen den kapitalistischen Kräften und den revolutionären Pseudo-Organisationen zur Beherrschung der Welt ... Und das Bindeglied besteht in der größten Lüge aller Zeiten: der Legende von den Gaskammern ...»

«Erklär das mal ein bißchen! Ich sehe da keinen Zusammenhang!»

Der Buchhändler fand den Mut zu seufzen.

«Amerika und Israel können alle möglichen Verbrechen gegen die Völker begehen, seitdem das absolute, unüberschreitbare Verbrechen durch den angeblichen Völkermord an den Juden symbolisiert worden ist ... Solange dieser Schwindel nicht aus der Welt geschafft ist, wird es keine wahrhafte Revolution geben ...»

Ein Passant blieb vor dem Laden stehen und spähte durch die Öffnung. Der Buchhändler schickte sich an, um Hilfe zu rufen. Als Antwort erhielt er einen Schlag auf den Nacken, der seinen Schrei in der Kehle erstickte. Der Gaffer wandte sich ab und ging seines Weges.

«Ich habe dir gesagt, du sollst ruhig bleiben! Deine Ausführungen stinken wirklich zum Himmel. Das Problem ist nur, das steht alles schwarz auf weiß in euren Publikationen, und nur weil André Sloga das in Live gehört hat, ist er bestimmt nicht derart zugerichtet worden ... Da muß noch etwas anderes sein!»

Gabriel mußte erneut zur «Enzyklopädie des französischen Rechts» greifen, um die grauen Zellen des Buchhändlers in Schwung zu bringen, der schließlich jede Form von Widerstand aufgab.

«Man hatte volles Vertrauen zu ihm, und man hat den Fehler gemacht, ihn eines Abends zu einer Veranstaltung einzuladen, auf der eine bedeutende Persönlichkeit anwesend war, von der nicht bekannt werden darf, daß sie dieselben Ideen hat wie wir ... Als man erfuhr, daß er uns tatsächlich unterwandert hatte, gab es keine andere Wahl, als ihn zum Schweigen zu bringen.»

«Und wer hat euch den Tip gegeben?»

«Ein Freund, der eine Reihe in dem Verlag herausgibt,

dem Sloga das Ergebnis seiner Recherchen angeboten hat ...»

«Und die bedeutende Persönlichkeit, wer ist das?»

Der Händler schüttelte den Kopf.

«Das ist unmöglich, das kann ich Ihnen nicht sagen.»

Er erhielt einen gigantischen Schlag ins Gesicht.

«Ich glaube, du hast keine Wahl!»

«Es ist Jean Brienne ...»

Das Gehirn von Gabriel Lecouvreur speicherte die Information. Aber es brauchte mehrere Sekunden, um die Schlußfolgerung daraus zu ziehen.

«Jean Brienne! Der Brienne von den Wörterbüchern?»

«Ja ... Sloga hatte sich vorgenommen, morgen alles aufzudecken, im ungünstigsten Moment ...»

«Morgen! In der Tat! Jetzt verstehe ich ...»

Er packte den Buchhändler am Hemdkragen, zwang ihn, sich umzudrehen, zeigte ihm den Schraubenschlüssel und schlug ihm gleichzeitig eine direkte Gerade auf die Leber. Der Händler brach inmitten der düsteren Umschläge seiner Ausgaben von Bonnard, Rebatet, Suarès, Brasillach, Astrapov und Jumel zusammen. Bevor er ging, nahm Gabriel sich einen Charyn und einen Vilar, die in dieser Gesellschaft nichts zu suchen hatten. Die Malet-Ausgaben ließ er liegen.

EIN EINGEROSTETES ALPHABET

Gabriel war in ein Taxi gesprungen, das ihn am Ende des Sisley-Quais in Villeneuve-la-Garenne abgesetzt hatte. Zu Fuß war er bis zu Pedros eingegrabenem Lastkahn weitergegangen, dabei brachte er alle Hunde in der Nachbarschaft zum Kläffen. Er hatte ihm vom Ergebnis seiner Nachforschungen berichtet und ihm den Namen desjenigen genannt, der den Überfall auf Sloga veranlaßt hatte, um seine Karriere nicht in Gefahr zu bringen. Pedro machte sich sogleich an die Arbeit und stattete ihn über Nacht mit der kompletten Identität eines Journalisten aus: Personalausweis, Presseausweis, ausgestellt vom japanischen Kulturmagazin «Hori-Shimbun», Zulassung zum Institut de France ... Am Vormittag hatte er ihn, die Boyard im Mund, zur Rue Popincourt gefahren, wo Cheryl ihn unter den verliebten Blicken des Terriers der Praktikantin rasiert und frisiert hatte. Nach einem kleinen Imbiß im «Pied de Porc» hatte er ihn zum Louvre gebracht, in die Nähe der durchsichtigen Pyramide. Der militante Fälscher zeigte dem Detektiv die Kuppel und das Bauwerk, das Cocteau, seiner Erinnerung nach, schlicht als Bug eines alten Schiffes beschrieben hatte, das am Flußufer vor Anker lag.

«Sie fangen mit ihren Inthronisierungen immer erst um fünfzehn Uhr an, es ist besser, wenn du nicht zu früh hingehst, damit man dich nicht erkennt ... Dann, wenn du auf deinem Platz bist, kannst du eine halbe Stunde eine ruhige Kugel schieben, und wenn du dich entschieden hast, dann hast du freie Bahn. Du atmest einmal tief durch, und du haust jedem in die Fresse, der dich aufhalten will ... Hab keine Angst, diese Leute da sind körperlich in der Regel nicht besonders fit ...»

Er gab ihm einen Stoß in den Rücken.

«Venceremos!»

Gabriel überquerte die Seine und setzte entschlossen einen Fuß auf den Quai Conti. Er ging durch die kleine Tür, rechts neben dem Haupteingang unter der Kuppel. Eine Abteilung der Republikanischen Garde erwies den feierlich gekleideten Akademiemitgliedern Reverenz. Gabriel zeigte dem Türhüter seine gefälschte Einladung und seinen Presseausweis und erhielt dafür eine weiße

Platzkarte. Er stieg eine übermäßig verzierte Treppe hinauf, deren Stufen mit jeweils einem Gardesoldaten garniert waren, warf einen begehrlichen Blick auf die Brüste einer Statue mit ausufernden Hüften und betrat den gewölbten runden Saal. Begleitet vom rollenden Getrommel des Tambourmajors, ließen sich die Mitglieder des Büros auf ihrer Hühnerstange nieder. Maurice Druon, der ständige Sekretär der Académie française, erhob sich Punkt fünfzehn Uhr.

«Die Sitzung ist eröffnet. Das Wort hat Monsieur Jean Brienne zur Verlesung seiner Dankadresse.»

Jean Brienne, in feierlichem Gewand, den Dolch an der Seite und im vorletzten Rang sitzend, der für die Mitglieder der Compagnie reserviert war, erhob sich. Mehrere Dutzend Fotografen drängten sich vor ihn, um das zukünftige Akademiemitglied unsterblich zu machen. Als der Tumult sich gelegt hatte, schob Brienne seine Brille zurecht und begann vor dem Mikro die erste Seite seiner Hommage an Edgar Faure vorzulesen, durch dessen Tod er den Sessel Nummer 41 geerbt hatte. Zur Ouvertüre wollte er einen kleinen Scherz machen.

«Das erste, woran ich mich erinnere, wenn ich an meinen berühmten Vorgänger denke, sind die Haare, die er auf den Zähnen hatte, obwohl sein Schädel dadurch reichlich kahl wurde …»

Gabriel hielt sich die erste Viertelstunde zurück und beobachtete das Publikum. Die gesamte Prominenz der Medien- und Kulturwelt war vertreten, bittere Kritiker

und nachsichtige Verleger, alte Journalisten und neue Philosophen saßen einträchtig nebeneinander, Schriftsteller auf der Suche nach Respektabilität und die Underdogs des Literaturbetriebs betrachteten die Frucht ihrer Arbeit auf den erleuchteten Gesichtern der Unsterblichen … Gabriel wartete, bis Jean Brienne den politischen Parcours von Edgar Faure verlassen hatte und sich seinem elenden literarischen Werk zuwandte. Dann stand er auf. Er rannte ein Dutzend Leute über den Haufen, bis die Fotografen die zunehmende Unruhe bemerkten. Sie zückten ihre Zooms und Blitzlichter und filmten den Detektiv, wie er sich vor dem angehenden Akademiemitglied aufbaute, das immer noch seine Rede ablas, und ihm die Blätter seines Vortrags wegriß. Michel Droit und Alain Peyrefitte eilten ihrem künftigen Kollegen zur Hilfe, aber Gabriel Lecouvreur empfing sie so, wie Pedro es vorgeschlagen hatte. Eine schallende Ohrfeige ins Gesicht des einen, zur Erinnerung an 68, und einen soliden Fußtritt zwischen die Beine des anderen, um die afrikanischen Elefanten zu rächen. Gabriel packte den Akademieanwärter am gestickten Kragen seines grünen Gewandes und versuchte, ihn zum Ausgang zu zerren. Jean Brienne gelang es mit großer Anstrengung, seinen Dolch zu ziehen. Er warf sich mit glänzender Dolchspitze auf den Angreifer. Gabriel machte nur eine kleine Bewegung mit der Hüfte, und der verhinderte Musketier lag zu seinen Füßen.

Kurz bevor er von der herbeigeeilten Republikanischen Garde überwältigt wurde, konnte Gabriel sich noch das Mikro von Jean Brienne schnappen. Während er hinausgedrängt wurde, schrie er:

«Derjenige, den man feiern müßte, ist noch am Leben … Niemand hier kennt seinen Namen … Er heißt André Sloga … Er versucht, den Faden seines Gedächtnisses wiederzufinden, den allzu viele von uns verloren haben, wegen so einem Scheißkerl wie Jean Brienne …»

MAX, AUF DEM PLATZ

Eloi, der Dorfweise, behauptete immer, wenn das Unwetter über La Bastide wütet, bleibt Serviès vom Regen verschont. Er fiel auf andere Dörfer, die nicht so ausgetrocknet waren und weit vom Dagne-Tal entfernt lagen. Die letzten Touristen hatten die Gegend vor gut zwei Monaten verlassen, und die Weinernte war einige Wochen zuvor abgeschlossen worden. Die Fässer waren mit einem Wein gefüllt, den die Alten bereits zu den besten Nachkriegsjahrgängen rechneten.

Max, der unter dem Tonnengewölbe vor einem Pastis saß, wußte, daß sich vor dem nächsten Sommer niemand an dieses verlorene Corbières-Nest erinnern würde. Er würde die Familienpension, Chez Verdier, einmotten und nur ein oder zwei Zimmer bereit halten, vielleicht für einen Wildschweinjäger oder einen Handelsvertreter. Die Schallplatte von Plastic Bertrand knisterte in den Lautsprechern, dann bahnte sich die Stimme von Jeannine einen Weg durch das Geschrabbel:

«Hallo! Hallo! Monsieur Jean-Claude Gibert, der Schlachter aus Lagrasse, ist auf dem Platz eingetroffen ... Heute eine große Auswahl an Rindfleisch, frischen Würstchen und Hirschgulasch à la Corbière ... Hallo! Hallo! Der Schlachter aus Lagrasse ist auf dem Platz eingetroffen ...»

Max schlug den «Indépendant de Perpignan» auf, den seine Frau zusammen mit dem Brot aus der Bäckerei mitgebracht hatte. Er überflog die Lokalmeldungen, blieb beim Wetterbericht hängen, dann wurde seine Aufmerksamkeit von einem Foto auf der Kulturseite gefesselt. Er erkannte den alten Mann wieder, der im August drei Wochen hiergewesen war und sich stark für die Lokalgröße interessiert hatte, Joseph Delteil, dessen Name durch eine Weinsorte des Dorfes geehrt wurde. Er rief seine Frau herbei, die sich über seine Schulter beugte.

«Ich habe meine Brille nicht auf ... Was sagen sie über ihn?»

«Ich hätte nie gedacht, daß Monsieur Sloga derartig einfältig ist, aber er ist eben ein Schriftsteller ... Sie haben gerade sein letztes Buch rausgebracht, im Wunderlich-Verlag ... Es heißt: ‹Der Mond über den Sümpfen›.»

«Was für ein Buch ist das?»

«Sie sagen hier, eine tragische Liebesgeschichte ...»

In den Lautsprechern schepperte wieder die Platte von Plastic Bertrand.

«Hallo! Hallo! Der Fischhändler aus Sigean ist auf dem Platz eingetroffen ... Sardinen im Sonderangebot ... Hallo! Hallo! Der Fischhändler aus Sigean ist auf dem Platz eingetroffen ...»

Max wandte sich zu seiner Frau.

«Auf Sardinen hätte ich heute mittag schon Appetit ... Und du?»

«Ja, ich auch, aber nimm nicht soviel wie beim letzten Mal. Tiefgefroren schmecken sie nicht mehr ...»

Sie wandte sich ab, und die ersten Regentropfen fielen auf das Dach, was aber Elois Aussage nicht widerlegte.

GLOSSAR

André Sloga – Mit dieser Figur hat Daeninckx einem zu Unrecht in Vergessenheit geratenen Schriftsteller ein Denkmal gesetzt: Jean Meckert alias Jean Amila, der einige Romane und Krimis geschrieben hat, u. a. den von André Gide, Martin du Gard und Queneau gerühmten Roman «Les Coups» (1940).

Louis-Ferdinand Céline (1894–1961) – Arzt und Schriftsteller mit antisemitischen Ansichten, wurde bekannt u. a. durch den Roman «Reise ans Ende der Nacht» (dt. 1933).

Pierre Drieu la Rochelle (1893–1945) – Erste Gedichte 1917 über traumatische Kriegserfahrungen. Er war in den zwanziger Jahren Weggefährte der Dadaisten und Surrealisten, pflegte aber ebenso Kontakte zur rechtsradikalen «Action Française». Politisch/kulturell radikal wie André Breton, aber ökonomisch/sozial reaktionär, wandte er sich nach der Annäherung zwischen Surrealisten und Kommunisten stärker nach rechts. Noch Anfang der dreißiger Jahre pries er André Malraux als die Verkörperung des «neuen Menschen», Ende der dreißiger Jahre dann war es Jacques Doriot, der ihn, auch durch seine kraftvolle physische Erscheinung, faszinierte (latente Homosexualität). 1938 bekannte sich Drieu zu Hitler und kollaborierte, auch als Herausgeber der «Nouvelle Révue Française», offensiv mit den Deutschen. Als bekennender Faschist vergiftete er sich 1945 selbst.

Robert Brasillach – Mittelmäßiger Dichter, der 1945 wegen Kollaboration hingerichtet wurde, nachdem DeGaulle sein Gnadengesuch abgelehnt hatte. Überlebt dagegen hat

Lucien Rebatet – Auch er hatte sich in den dreißiger und vierziger Jahren mit Wort und Tat auf die Seite der Faschisten gestellt.

Pierre Laval – Von 1914 bis 1919 sozialistischer Abgeordneter, wurde er 1942 Premierminister der deutschen Marionettenregierung unter Marschall Pétain. Gehört zu den prominenten Politikern, die von links nach rechts schwenkten. Ebenso:

Jacques Doriot – 1923 Mitglied des Zentralkomitees der KPF, gründete er 1936 die faschistische «Parti Populaire Française» (PPF) und organisierte im Zweiten Weltkrieg die «Légion des volontaires français» (LVA) an der deutschen Ostfront. Andere gründeten im Inland paramilitärische Organisationen wie «Milice» und die «France-Garde», die sich bei der Deportation von Juden und der Bekämpfung der Résistance hervortaten.

Strasser – Ein deutsches Beispiel für die historische Nähe von Links- und Rechtsextremismus waren die Brüder Gregor und Otto Strasser bzw. die «Schwarze Front» und die «Kampfgemeinschaft revolutionärer Nationalsozialisten». Hitlers zeitweilige Annäherung an Marxisten und Bolschewisten (z. B. der Hitler-Stalin-Pakt) waren allerdings rein taktische Manöver; in diesen Kontext ist auch das aufgeführte Hitlerzitat zu stellen (Herrmann Rauschnig, Gespräche mit Hitler, Europa Verlag New York, 1940, S. 124)

Jerôme Charyn – Einer der Autoren, deren Bücher Daeninckx nicht unter denen der Ewiggestrigen sehen möchte. Geboren 1937 in New York, lebt er seit einigen Jahren in Paris, schreibt Krimis und lehrt Geschichte des Films an der American University of Paris.

Académie Française – Daeninckx hatte in der ersten Ausgabe dem neonazistischen Drahtzieher den 18. Sitz der Académie zugeschrieben. Nachdem sich die

Académie – Leiris selbst wohl nicht – beschwert hatte, erfand Daeninckx einen 41. Sitz für das berühmte Institut der 40 Wächter der französischen Kultur. So konnte sich keines der ehrenwerten Mitglieder beleidigt fühlen.

Die zwei realen Akademiemitglieder, die am Ende genannt werden, haben sich nicht beschwert. Alain Peyrefitte hat sich 1968 in der Tat für einen harten Kurs der Regierung gegenüber den Studenten eingesetzt, was zu einigen üblen Ausschreitungen der Polizei führte; und Michel Droit hat als leidenschaftlicher Safari-Liebhaber während einer Elefantenjagd – aus Versehen natürlich – einen einheimischen Träger erschossen.

WUNDERLICH TASCHENBUCH

en Monat neu als Wunderlich Taschenbuch.

Bestseller zu attraktiven Preisen.

wünschen gute Unterhaltung!

5032/1